心が読める王女は婚約者の溺愛に気づかない

花鶏りり

JN109999

23620

角川ビーンズ文庫

Contents

コル
アカルディ王国の女王・第一王女のみが読心魔法で認識できる、人の心の姿。
セオドア・キエザ
エステリーゼの婚約者で次期王配。伯爵家の次男。エステリーゼを溺愛しているのに、信じて貰えない苦労人。
エステリーゼ・アレッサ・アカルディ
アカルディ王国の次期女王となる第一王女。読心魔法など、さまざまな魔法を使いこなす。

心が読める王女は婚約者の溺愛に気づかない

Characters

ヴェルデ帝国

ディアーク

ヴェルデ帝国の皇太子。
エステリーゼとは幼馴染。

ドロテーア

ヴェルデ帝国の第三皇女。
セオドアのことが好き。

アカルディ王国

アンジェリカ

アカルディ王国の第二王女で、エステリーゼの妹。

ロランド

公爵家の長男。幼い頃は意地悪な性格であったが、現在は改心して真面目な騎士団員。

本文イラスト／紫藤むらさき

第一章　心を読む魔法

「セオドアです。入っても宜《よろ》しいでしょうか？」

ノックの音に顔をあげれば、そう声がかかって。思いもよらない人物だったのでビクリとしてしまい、危《あや》うくインク壺《つぼ》を倒《たお》すところだった。

「……構いません」

動揺《どうよう》を悟《さと》られないように、平静を装《よそお》って返事をする。

本当は全く以《もっ》て構わなくはないのだけれど。帰ってくる予定はまだ一ヶ月以上先のはずなのに、どうして彼がもうここにいるのかしら。

「エステル！」

私の愛称《あいしょう》を呼びながら、その人は大輪の花が咲《さ》くような笑《え》みを浮《う》かべて入ってきた。長年の付き合いからこのあとの流れが予測できて、部屋にいた補佐《ほさ》官や侍女《じじょ》を下がらせる。

「セオドア、久しぶりですね」

セオドア・キエザ。キエザ伯爵《はくしゃく》家の次男であり――私の婚約《こんやく》者である彼は、出迎《でむか》えに立ち上がった私に駆《か》け寄り、力強く抱《だ》きしめてきた。少し息苦しいくらいの熱い抱擁《ほうよう》にも、慣れから動揺しなくなってきたことが虚《むな》しい。

「もうパライバ領での討伐《とうばつ》任務が終わったのですか？」

「ええ。貴女《あなた》に早く会いたくて、急いで終わらせてきました」

「……そうですか」

最低でも二ヶ月半はかかるはずだった邪竜《じゃりゅう》討伐任務を、移動含《ふく》め一ヶ月で終わらせるだなんて規格外も良いところである。セオドアに会いたくないが為《ため》に、極力日程が長くなるよう遠征《えんせい》予定を組んだ私の努力が水の泡《あわ》だ。

心の中でため息をついていると、ぎゅうぎゅうと抱きしめていた腕《うで》を緩《ゆる》め、彼は私の顔を覗《のぞ》き込み期待に満ちた瞳《ひとみ》で問いかけてきた。

「エステル、このあとお時間ありますか？」

時間は、ある……けれど。

ちらりとドアの方に視線をやる。予想するまでもなく相変わらずのその姿に、今度はため息が心の中だけで留《とど》められなくて、口から溢《あふ》れ出てしまった。それを誤魔化《ごまか》すように咳《せき》払《ばら》いをして、セオドアに視線を戻《もど》す。

「実は、アンジェリカからお茶に誘《さそ》われていたのですが、明日までに終わらせなければならない仕事を思い出しまして。ですから貴方《あなた》が代わりに行ってくれたら助かりますし、アンジェリカも喜ぶと思います」

仕事があるのは嘘《うそ》ではない。可愛《かわい》い妹のアンジェリカとお茶する時間をとる為、今晩の睡眠《すいみん》時間を削《けず》るつもりだっただけ。

だから机の上に溜《た》まった書類を見て、彼も一応納得《なっとく》はしたらしい。

「……そう、ですか。分かりました」

あからさまにしゅんとしてしまったセオドアに苦笑《くしょう》しながら、執務《しつむ》に戻る為再び椅子《いす》に座る。落ち込んだ様子を見せながらもすぐ傍《そば》まで付いてきた彼本体とは逆に、あちらの彼は未《いま》だドアの前から動かずホッとした顔をしていた。

「エステル……忙《いそが》しいかとは思いますが、暫《しばら》くお会いできなかったので、一緒《いっしょ》に過ごす時間をいただけると嬉《うれ》しいです」

「……貴方が、それを望むなら」

ハッキリとしない返事をして、そろそろ出ていってほしいという空気を出す為書類仕事に取り掛《か》かる。これもまた、いつもの流れだ。セオドアは諦《あきら》めたように息を吐《は》き、「お誘いお待ちしております」と私に声をかけ、ドアへと向かった。

「僕は、いつだって貴女の傍に居たいと思っているんですよ」

そんな言葉と共に投げかけられた寂《さび》しそうな笑顔も、私の心を虚しくさせるだけだ。

「……嘘つき」

貴方の心はずっと、私を疎《うと》ましいと思っているくせに。

ここアカルディ王国の王家や貴族は、近隣諸国《きんりんしょこく》では見られない女系継承《けいしょう》である。それはアカルディが魔界に隣接しており、この大陸において魔物侵攻《しんこう》からの防衛線の役割を担《にな》っている為、男性は魔物討伐に忙しく、女性が政務を担うようになったから。……というのも勿論《もちろん》正しいが、王家にはもう一つ大きな理由がある。

かつて勇者と共に悪《あ》しき魔王を打ち払い、魔物たちから土地を取り戻した初代女王アレッサ・アカルディ。神に愛されし聖女であった彼女は、優《すぐ》れた固有魔法をいくつも有しており、それが聖女たり得《う》る女性にのみ受け継《つ》がれているのだ。

この世界において一般《いっぱん》的に魔法といえば火・風・水・雷《かみなり》の四属性で、それを出現させるものである。その形や威力《いりょく》を調整すれば、日常生活にも戦いにも使えるのだ。扱《あつか》える属性の数や魔力量、強さに差はあれど、赤ん坊《ぼう》から老人まで人間誰《だれ》もが最低でも四属性のうち一つを使うことができる。

しかし聖女の固有魔法はそれらと全く異なり、治癒《ちゆ》であったり予知であったりと多岐《たき》にわたり、私自身も治癒、転移、変身、読心の四つの魔法を有している。中でも第一王女だけが十歳前後で必ず習得する、他人の心の内を知ることができる読心魔法は、内政外交問わず政治の頂点に立つ者として大きなアドバンテージになることは想像に難《かた》くない。魔界の反対側に位置する帝国《ていこく》がかつて侵略《しんりゃく》主義であったこともあり、国を守る為には欠かせない力で、故《ゆえ》に女王制となったのだろう。……まぁ、勇者が脳筋馬鹿《ばか》だったから王にはなり得なかった——という説もまことしやかに流れているが、些《いささ》か不敬なのでここではなかったことにする。

アカルディ王国第一王女にして王位継承権第一位の私、エステリーゼ・アレッサ・アカルディも、十二の時に読心魔法を習得した。簡単に心が読める、と言ってもただ心の声が聞こえるだけではない。それは——。

「ちょっとお姉様！」

突如《とつじょ》、バァンと乱暴にドアを開けてやってきたのは第二王女のアンジェリカ。十七歳の私より五つ年下の彼女は、目に入れても痛くない可愛い顔をぷくっと膨《ふく》らませ、ズンズンと私の前までやって来た。

「アンジェリカ、いくら家族とはいえノックくらいして頂戴《ちょうだい》」

「しましたわ。ノックでドアを開けただけです。そんなことよりどうしてセオドア兄様を邪険《じゃけん》になさるの？　お可哀想《かわいそう》で私見ていられませんわ！」

執務机の前に王女らしからぬ仁王《におう》立ちで陣取《じんど》るアンジェリカだが、これでも我慢《がまん》している方なのだろう。彼女の肩《かた》から机へぴょんと飛び降りてきた、手のひらほどの小さなアンジェリカの心の姿が文句を言いながらゴロゴロ転がっている。

『セオドア兄様、顔には出さないようにしていたけど凄《すご》く落ち込んでいたわ。それなのにこの姉は！　可愛げの欠片《かけら》も！　ない！　この国……いえ、この大陸一の美丈夫《びじょうふ》にあんなに愛されているのに、ど――――してそうなるのよ!!　まだ王女の今からそんなに仕事人間でどうするのかしら!?　結婚《けっこん》したあと王城内別居でもするつもり!?』

そう、心が読めると言っても単純に心の声が聞こえるだけではない。その人が手のひらほどのサイズになった、まるで童話に出てくる小人や妖精《ようせい》のような三頭身の姿が、心の内の声を喋《しゃべ》ると共に本来とりたい動きをするのだ。私たちはこの心の姿のことを、古代語で心の意味を持つ『コル』と呼んでいる。

つまりアンジェリカは文句を言いながら思いっきり地団駄《じだんだ》を踏《ふ》みたいところだが、王女であるから我慢しているのだ。まぁ、ドアを叩《たた》き開けたり仁王立ちをしたりと、既《すで》に王女らしからぬ振《ふ》る舞《ま》いが多々見受けられてはいるのだけれど。

可愛い妹のコルがぎゃあぎゃあ言いながらのたうち回る姿は面白《おもしろ》くもあるが、彼女は至って真面目《まじめ》に怒《おこ》っている訳で。ましてやアンジェリカはこの魔法の存在も知らないのだから、悟られてはいけない。この魔法の存在を知るのはそれを得た本人と、王配だけである。何とか笑いを堪《こら》えて咳払いで誤魔化した。

「邪険になどしていないわ。遠征から戻ってきたばかりで疲《つか》れているだろうから、堅物《かたぶつ》の私より明るい貴女といた方がセオドアの心も休まるだろうと思ったのよ」

そう答えればアンジェリカがジトッとした目でこちらを見てくる。コルも同じようにしており、黙《だま》っていることはあれど裏表は全くない彼女の純粋無垢《じゅんすいむく》な所がまた可愛らしい。

『絶対嘘。ぜぇえぇったい嘘だけど、お姉様をこれ以上問い詰《つ》めてもきっとはぐらかすだけよね。……そうだわ！　お茶会の穴埋《あなう》めをするよう頼《たの》んで、そこにセオドア兄様も呼べばいいのよ！』

「ねぇお姉様――」

「ここ最近魔物《まもの》が増えて被害《ひがい》が多く、忙しいのも事実なの。だから今日は行けなくてごめんなさいね。お詫《わ》びと言ってはなんだし、大分先になってしまうかもしれないけれど……今度は私から招待するわ」

面倒《めんどう》な話をされる前に少々早口で先手を打てば、ぐぬっと一歩後ずさり、項垂《うなだ》れたアンジェリカのコルが彼女本体の肩に戻った。

『お姉様から招待されるんじゃ、セオドア兄様を連れて行けないじゃないの！　もう。……でも義兄《あに》になるのはセオドア兄様がいいから、絶対二人の仲を取り持ってやるわ！』

「分かりました。でも諦めませんから！」

我が妹ながら大変健気《けなげ》である。

誰にでも優《やさ》しく温厚篤実《おんこうとくじつ》な人柄《ひとがら》に加え、剣術《けんじゅつ》に魔法とそのどちらも国内で三本の指に入る実力者で、更《さら》にはこの国一の美しさと名高い容姿……と、非の打ちどころが無く完璧《かんぺき》という言葉が過大評価にならないセオドア。恐《おそ》らく次期女王である私の婚約者でなければ、血で血を洗う奪《うば》い合いの女の闘《たたか》いが巻き起こっていたことだろう。そんな年頃の令嬢《れいじょう》だけにとどまらず、世代関係なく皆《みな》が認め憧《あこが》れる彼は、妹からの好感度もかなり高いようだ。

『どう見たってお互《たが》い想《おも》いあっているのに、なんでお姉様はあんななのかしら』

但《ただ》し、部屋を去りながら心の中で姉をあんな呼ばわりしたアンジェリカは知らない。

──僕は、いつだって貴女《あなた》の傍に居たいと思っているんですよ。

その顔を向けられれば、誰もが自分に気があると思うだろう強く恋焦《こいこ》がれたような表情も、言葉全《すべ》てに愛《いと》しさが溶《と》けているような甘い声も、あくまで表の話でしかないことを。

──息が詰まる……早くこの場を去りたい。

そう言ってずっとドアから離《はな》れなかった、彼のコルを。

「お初にお目にかかります、エステリーゼ第一王女殿下《でんか》」

セオドアに初めて会ったのは私が八歳、彼が十歳の時。

その魔法を知る人間が極少数《ごく》であるが故に知られていないことだが、長女だけが得る読心魔法こそが次期女王の資格であるアカルディでは、継承権の順位などあってないようなもので、第一王女の私が次期女王となることは生まれたその瞬間《しゅんかん》からほぼ確定である。そんな私の婚約者はつまり次期王配となるのだから、婚約者選びもかなり慎重《しんちょう》だった。貴重な力を持つ女王の守護者たる王配は、家柄より容姿より性格より何よりも女王を守る強さを必要とする為、本来なら十六歳の成人の儀《ぎ》が済む頃に決まるはずだったのだけれど。

「貴方《あなた》がキエザ家のセオドア卿《きょう》なのですね」

「はい。この度《たび》は私のような者を王女殿下の婚約者にお選びいただけたこと、至極光栄でございます」

しかしまぁこのセオドア・キエザという少年……いや、神童は。僅《わず》か十歳にして同年代はおろか一回りは違《ちが》う大人まで含《ふく》めて、これ以上優れた相手はこの先現れないだろうと言わしめた。その結果、他《ほか》の令嬢と婚約される前にと異例の早さで婚約が決まったのである。

「そんな堅苦しい喋り方をしないでください。私の方が年下ですし……それに、婚約者なのですから。エステルでいいですよ」

「……ありがとうございます、エステルですね。僕のこともどうかセオドアとお呼びください」

ホッとしたように微笑《ほほえ》んだ彼には悪いが、歩み寄るような言葉をかけた私の内心は複雑だった。

雲間から差す光を連想する綺麗《きれい》な白金の髪《かみ》と、パライバトルマリンを埋《う》め込んだかのように煌《きら》めく青緑色の瞳《ひとみ》。神が長きにわたり調整に調整を重ねたに違いない完璧な顔の造形。天使を描《えが》いた壁画《へきが》から飛び出してきたのかと思うほどの美少年を前に、思わず抱《いだ》いてしまったのはときめきよりも劣等《れっとう》感だったのだから。

自慢《じまん》だった母上譲《ゆず》りの赤紫色《クラレット》の髪も、父上譲りのペリドットに似た瞳も、美しい両親のいいとこ取りをしたはずの顔立ちさえ彼の前では見劣《みおと》りしてしまい、女王及《およ》び次期女王はフェイスベールを着けて顔を隠《かく》す風習があって良かったなと思った。

フェイスベールは女王直々に魔力を込めて作られており、自分からは何も着けていないかのようにクリアな視界だが、はたから見るとうっすらとさえ中を見ることができず、風に吹《ふ》かれることもなければ他人が無理矢理《やり》捲《めく》ることもできないという優《すぐ》れものだ。——因《ちな》みに顔を隠す訳は、表向きは女王及び次期女王は神聖な存在であるからとされているが、実際はコルの動きを目で追ってもバレない為《ため》という意味合いが強い。口元は護衛等に読唇《どくしん》させられる方が良い場合もある為、ベールの長さは鼻の下までである。

「私たちは詳《くわ》しい話をするから、二人で庭園にでも行ってなさい」

「はい。セオドア、案内しますわ」

さて、そんなこの世のものとは思えないほどの美少年が、更には婚約を大幅《おおはば》に早めるほどの天才だというから、こんな相手と並んで生きていくという事実に八歳の私はプレッシャーを感じていた。

私は女王陛下の長女に生まれたというだけで、次期女王になることが決まっている。どれだけ頭が悪かろうと性格が悪かろうとカリスマ性がなかろうと——女王の適性がなかろうとも。だからこそ良き女王になりたいと思うのだが、残念ながら私はあまり優秀《ゆうしゅう》な方ではない。基礎《きそ》は良くても応用がてんで駄目《だめ》なタイプで、アクシデントに弱いのだ。問題に対する解決方法に百点満点で点数を付けるとしたら、私はいつも六十点くらいの方法しか思いつかない。

そんな不出来な私だからこそ、出来の良い婚約者を得られたことを有り難《がた》く思うべきなのに。どう考えたって釣《つ》り合いが取れないことが恥《は》ずかしく、素直《すなお》に喜ぶことはできなかった。

——けれど。

「あれ？　えーと……ちょっと待ってくださいね」

二人で庭園を暫《しばら》く歩いたあと、ベンチで休憩《きゅうけい》中セオドアが思い立ったように花冠《はなかんむり》を作り始めた。私を喜ばせようと最近キエザ伯爵《はくしゃく》から習ったというが、その手つきは遠い昔の霞《かす》んだ記憶《きおく》を掘《ほ》り起こすかのようにたどたどしく、耳がほんのり赤くなっているのが二歳年上にもかかわらずなんだか可愛《かわい》らしいと思った。

「すみません、不格好《ぶかっこう》で……」

恥ずかしそうにそう言いながらもどうやら完成したらしいそれは、お世辞にも上手とは言えないものであったが――私には、とてもかけがえのないものに思えた。

「嬉《うれ》しいです。つけてくれますか？」

作ったは良いものの、渡すことを躊躇《ためら》っている様子の彼にそう声をかければ、おずおずと頷《うなず》いてくれる。

「こんなもので良ければ、ですが……」

神童と名高い優秀な彼は、きっとなんでもできるものだと勝手に思っていたが、存外手先が不器用で茎《くき》や葉の処理も大雑把《おおざっぱ》と、十歳の男の子らしい一面が見られて、私は酷《ひど》く安心したのだ。

頭にそっと載《の》せられた花冠に、思わず笑みが零《こぼ》れる。

「ふふ、ありがとうございます。……あら？」

ふと彼の手に視線をやると、花を摘《つ》む際葉で切ったのだろうか、指先に血が滲《にじ》んでいた。

この頃読心魔法はまだ使えなかったものの、治癒《ちゆ》魔法は既《すで》に習得していたので、傷を治してあげようと思い彼の手をとった。

「……はい、これでよしと。痛くはありませんか？」

「エステルは凄《すご》いですね。ありがとうございます」

手をかざして治るように念じれば、小さな傷はあっという間に塞《ふさ》がっていく。そうして何の気なしに彼の手をじっと見つめていると、もう私の治癒魔法《まほう》では時間が経《た》ちすぎていて治せないような古い傷が沢山《たくさん》あった。豆ができていたり、皮膚《ひふ》が硬《かた》くなっていたり……美しくもまだ幼い顔立ちからは到底《とうてい》想像できないような、そんなボロボロの手をしていて。

「あっ！　すみません。汚《きたな》い手を触《さわ》らせてしまって……」

私の沈黙に気づいたセオドアがそう言って慌《あわ》てて引っ込めようとした手を、咄嗟《とっさ》にギュッと握《にぎ》って留《とど》める。

「汚くなんか、ないです」

「え……？」

確かに彼の美しい見た目は生まれ持ったものだろう。けれど、神童だとか天才だとか、まるで剣《けん》や魔法の才まで全てが生まれ持ったものだと思い込んで、勝手にプレッシャーを感じて。

「ごめんなさい、私……セオドアの話を聞いた時、きっと貴方は天才で、努力とは無縁《むえん》の人なんだって決めつけていました」

恥ずかしい。この手を見れば、どれほど彼が努力を重ねてきたのか一目で分かる。……自分はこんなにボロボロになるまで何かを努力したことがない癖《くせ》に、劣等感を覚えるだなんて烏滸《おこ》がましい話だ。

「セオドアは凄く、すっごく努力をしてきたんですね。汚くなんかない、かっこいい手です」

「エステル……」

才能溢れる婚約者《こんやく》と比べられるのが苦痛だ……なんて考えていた自分を引っぱたきたい。私にできるのは恥じることではなく、彼に並んでも恥じないよう努力することだというのに。

「貴方に比べ私はまだまだ至らないことだらけですが、この手で守られるに値《あたい》するよう……貴方の隣《となり》にいて恥ずかしくないよう、私もセオドアに負けないくらい頑張《がんば》ります。支えてくれますか？」

そう誓《ちか》えば、セオドアは目を見開いたあと、それまでされるがままだった手でそっと私の手を握って。

「勿論《もちろん》です。……エステルの婚約者になれて、本当に良かった」

飛び切りの笑みを浮《う》かべた彼に、私はころりと恋《こい》に落ちたのだった。

それからというもの、セオドアとはお互《たが》いの休日が重なれば必ず共に過ごすようになった。一緒《いっしょ》に本を読んだり、他愛《たわい》ない話をしたり、時には愚痴《ぐち》や弱音を零《こぼ》したりして。

そんな日々を重ねるにつれ、セオドアへの思いも強くなっていった。これは所謂《いわゆる》政略結婚ではあったが、恋愛《れんあい》結婚なのだと言い張ってしまいたいくらい彼のことを好きになったし、セオドアも私のことを好いてくれていると自負していた。少なくとも、自意識過剰《かじょう》ではないとハッキリ分かるほど、宝物のように大事に大切にしてくれていたから。

——ちっとも、ほんの指先ほども、嫌《きら》われているという可能性を考えていなかったの。

読心魔法に目覚めた十二歳のある日から、それを悟《さと》られないような立ち居振《いふ》る舞《ま》いの訓練の為、セオドアに会えない日々が一ヶ月ほど続いた。最初は他人の心の声に困惑《こんわく》したし、意思とは関係なく常時発動する魔法であるが故《ゆえ》に、時には聞きたくない声に辛《つら》くもなったが、次期女王たる証《あかし》なのだからとなんとか自分を律した。

そうしてやっと母上から合格をいただき、彼に会えるようになった日。キエザ伯爵《はくしゃく》家の邸宅《ていたく》へ向かう私は、セオドアの心の内を知ることに何の不安も抱いていなかった。いつも優《やさ》しくて誠実な彼は、きっと裏表なんかなくて、心そのままを表現していると思っていたから。

だから。

「セオドア！　久しぶり……というほどではないかしら？」

「久しぶりですよ。婚約してからこんなに離《はな》れていたのは初めてだったので……エステルに会いたいと、それぱかり考えていました」

そんな甘い言葉をかけてくれる彼に駆《か》け寄ろうとして、ピタリと足を止めた。

『このまま暫く会わずに済めば楽だったんだけど……。はぁ……面倒《めんどう》だな』

――……今のは聞き間違《まちが》い、だろうか？　どうか、聞き間違いであってほしい。

「エステル？　どうかしましたか？」

「……あっ、いえ……」

『今日はいつまで居座るつもりなんだろうか。早く帰ってくれないかな』

そんな願いも虚《むな》しく、聞こえてくるのは私を疎《うと》ましく思っている言葉ばかり。恐《おそ》る恐る彼のコルを見れば、嫌悪感《けんおかん》をあらわにした冷たい目で私を見ていた。セオドアをそのまま小さくしたような姿であるが、別人のコルなのではないかと疑ってしまうほど、これまで一度たりとも見たことのない表情だった。

「エステル？」

「……えっと……その……忙《いそが》しくしていたから、ちょっと体調が……」

「大丈夫《だいじょうぶ》ですか？　医師を呼んで来ます。良かったらここにかけて――」

「う、ううん、いいの。ごめんなさい、今日はもう帰るわ」

そうですかと残念そうな表情を浮かべるセオドアに対して、良かったとホッとしている様子のコル。

どんな声を聞いても、どんな姿を見ても、動揺《どうよう》しないこと。表に出さないこと——。このひと月そうやって訓練していたはずなのに、全《すべ》てを忘れ私は露骨《ろこつ》に狼狽《うろた》えてしまった。

「エステル、またすぐ会えますか？」

「……そうね、また来るわ」

フェイスベールがあって良かった。今にも涙《なみだ》が零れそうな目元を見られずに済んだから。どれだけ彼に弱音を吐《は》き愚痴を零しても、涙だけは誰にも見せないと決めていたから。

ああ、恥《は》ずかしい。好かれているだなんて、勘違《かんちが》いだったんだ。セオドアにとっては大人たちが勝手に決めた婚約で、逆らえなくて、仕方なく付き合っていただけで……。

恥ずかしい……でも。

もっと恥ずかしいのは——それでもまだ彼を好きだという気持ちが消えない、愚《おろ》かな自分の心だった。

第二章　乖離する心

初めてセオドアのコルと対面したあの日から五年――私は何かと理由をつけて彼に会うことを避《さ》け続けた。それには様々な理由があるけれど、一番は好きな人から嫌われている事実を突《つ》き付けられるのが辛かったからだ。次期女王に有るまじき心の弱さである。自分自身のコルは見えないけれど、もし見えていたならば、きっといつもウジウジと縮こまっていることだろう。

しかしそうやってあの手この手を使ってセオドアを避け続けていても、どうしても逃《に》げられない時がある。

「エステル、遅《おそ》くなりましたが……僕が贈《おく》ったそのドレス、着てくれたのですね」

ダンス中、私にしか聞こえないくらいの声量で語りかけてきたセオドアに苦笑いを返した。

たった今開催《かいさい》されている建国記念パーティーのように、王家主催《しゅさい》の公式行事に王女である私は当然参加。パートナーは勿論婚約者のセオドア。普段《ふだん》できる限り逃げ回っているが、これぱかりは私の都合で水を差す訳にはいかない。

「ええ、侍女《じじょ》がどうしてもと言うので」

しかし、揃《そろ》いの衣装《いしょう》にする必要はあったのだろうか。ネイビーを基調とし、シャンパンゴールドのサテンリボンと裾《すそ》まわりに施《ほどこ》された白い刺繍《ししゅう》で飾られたイブニングドレスは、上品でとても素敵《すてき》だし私好みなのだけれど。

「とてもお綺麗《きれい》ですよ。綺麗過ぎて誰《だれ》にも見せたくないくらいです」

「……ご冗談《じょうだん》を」

同じ色合いで揃えられた正装を身にまとうセオドアは、こんなペアルックみたいなことをしたくないはず。けれどそんなことをちっとも感じさせない笑顔《えがお》でお世辞を言うのだ。

この甘い声と表情で褒《ほ》められて嬉《うれ》しくない女性はこの国にいないだろう——コルによって本心が分かる私以外は。

『なんで王女と揃いの服なんか……』

貴方《あなた》が贈って来たんじゃない、とコルの愚痴に心の中で返す。彼の肩口《かたぐち》でネチネチ不満を垂れるコルを見ながらでは、いくら口で褒められたところで虚しいだけだ。

「エステル、冗談なんかではありません」

「少なくとも誰が着ても一緒でしょう。顔、見えないんですから」

「一緒だなんて、そんなはずがありません。ですが……そうですね。貴女《あなた》の素顔を見せていただける時が楽しみです」

そう言ってふわりと微笑《ほほえ》まれ、思わずビクリと肩が跳《は》ねる。私が素顔を見せるのは家族だけ……つまり、結婚するのが楽しみですということなのだろう。勿論《もちろん》内心は見たくないだろうし、私とてこんな美形相手に勿体《もったい》ぶったように顔を見せることになるのは勘弁してほしい。

——それに、いつかはこの婚約《こんやく》を解消しようと思っている。だから曖昧《あいまい》に笑って返事はしなかった。意図的に言葉を返さなかったことを察したのだろう、セオドアは何か言いたげな顔をしていたが、気づかないフリをした。

「私のことはいいので、好きなように過ごしていいですよ」

一曲踊《おど》り終わったあと、セオドアとコルそれぞれの返答は分かりきっているが、一応そう声をかけてみる。

「でしたら、隣《となり》にいさせてください」

『好きなようにしていいなら、今すぐ帰りたい』

予想通りの答えに、小さく息を吐いた。コルは私と離れたがって背を向けているのに、セオドアは私の傍《そば》から決して離れようとしない。ここまでコルと実際の行動が乖離《かいり》しているのは珍《めずら》しく、彼くらいなものだ。

とはいえ今は公式行事中。演技する必要のない二人きりの時でさえそうなのだから、周囲に沢山《たくさん》の人がいる中で彼が仲睦《なかむつ》まじいフリをするのは当然である。その上セオドアは単なる私のパートナーではなく護衛という任務も課せられている為《ため》、責任感の強い彼が私情でその役目を投げ出すはずがない。そうして結果的に大好きな彼に嫌《きら》われているのを知りながら傍にいて、更《さら》には無理をさせる。この現状をなんとかしたいから、いずれは婚約を解消したいのだ。

結局セオドアを伴《ともな》ったまま会場を歩いていると、見慣れた顔を見つけた。

「……ディアーク、久しぶりね」

「エステリーゼ！　セオドア卿《きょう》も久しぶりだな」

「ご無沙汰《ぶさた》しております、ディアーク皇太子殿下《でんか》」

ヴェルデ帝国《ていこく》の皇太子、ディアークは私たちに気がつくと笑ってこちらに歩いてきた。

ヴェルデといえば魔界《まかい》と反対側に位置する帝国である。かつてはアカルディアを侵略《しんりゃく》せんとする皇帝もいたものの、今の皇帝はアカルディアを魔界から人類を守る最初で最後の砦《とりで》であると認め、防衛費を支援《しえん》してくれるなど関係は良好で、こうしてお互《たが》いの公式行事にも出席し合っている。今回は皇太子であるディアークが皇帝代理として来ているようだ。

そんな訳で彼とはこういった場で度々《たびたび》会う機会があり、同い年かつ継承《けいしょう》権第一位同士通ずるものもあって、国力の差はあれど気心知れた仲である。

「相変わらずしけた顔してるな。もっと愛想《あいそ》良くしたらどうだ？」

「口元しか見えてないくせに何言ってるのよ」

「分かるさ。口は目ほどにものを言うってヴェルデの言葉を知らないのか？」

「目は口ほどにものを言う、だったと記憶《きおく》しているけれど？」

そう軽口を叩《たた》きあいつつも、ディアークが本気で心配してくれていることは伝わってきた。

以前、彼にだけはセオドアに嫌われているかもしれないことを相談しており、本気で言っているのかと呆《あき》れたように返されたことをよく覚えている。以来こうして何かと気にかけてくれているのだ。

「そうだ、来月の第三皇女《ドローテア》の誕生祭は誰が来る？」

「第一王子《ライモンド》が行く予定よ。良かったら気にかけてあげて」

そうしてとりとめのない会話を交《か》わしていると、ふとディアークのコルが右腕《みぎうで》を庇《かば》うような仕草をしていることに気がつく。怪我《けが》でもしているのか……しているのならば治してあげたいところだが、平静を装《よそお》っている彼が自分から言い出すことはないだろう。しかしコルの表情を見る限り、随分《ずいぶん》と痛そうにしていて。おせっかいだと分かっていても放《ほう》っておくことができなかった。

「ところで……きゃっ」

「エステル！」

「おい大丈《だいじょう》――痛っ……」

少し強引《ごういん》な手段だが、ふらついたフリをしてそっと彼の腕に触《ふ》れてみた。触れたと言っても、よろけた時点でセオドアの腕がすぐに私を支えてくれた為、手が届かず撫《な》でる程度しか触れなかったのだが……それだけでも予想以上に痛がるディアークに慌《あわ》てて謝罪する。

「ご、ごめんなさい。そんなに強く掴《つか》んだつもりはなかったのだけれど……」

「いや、謝らなくていい。少し腕を怪我していてな」

「そうだったのね。お詫《わ》びに治してあげるから見せて」

そう言えば、躊躇《ためら》いつつもディアークは袖《そで》のボタンを外し慎重《しんちょう》に捲《まく》った。広範囲《こうはんい》に包帯のまかれた腕は血が滲《にじ》んでいて、傷口を見る前から痛々しい。ある程度の場所さえ分かれば良いので、包帯の上から手をかざして治癒《ちゆ》魔法をかける。やはり相当な痛みを堪《こら》えていたのだろう、傷が治ると彼は長く息を吐《は》いた。

「悪いな」

「……何があったの？」

「いつもの叔父上《おじうえ》からのプレゼントだよ」

叔父上――即《すなわ》ちヴェルデの皇弟は、アカルディを征服《せいふく》したいと考えている開戦派の侵略主義者である。故《ゆえ》に彼はアカルディに友好的なディアークが皇位を継《つ》ぐことを阻止《そし》したいようで、過去に何度もディアークの暗殺を試みているのだ。……つまりいつものプレゼントというのは、即ち暗殺者のことだろう。首謀者《しゅぼうしゃ》が皇弟であることは明白であるものの、彼は決して証拠《しょうこ》を残さず、その身分もあって未《いま》だに捕《と》らえられていない。

「怪我くらいいつでも治してあげるから、隠《かく》さず言ってくれればいいのに」

「お前の力は貴重だ。安売りするもんじゃない」

「友人の力になりたいだけよ。安売りではないわ」

そう言うと、彼はセオドアの方を一瞥《いちべつ》し苦笑いを浮《う》かべた。

「今度はセオドア卿からプレゼントをもらうことになりそうだ」

「まさか。セオドアはそんなことしないわよ」

勿論ディアークの冗談であることは分かっているが、セオドアが嫉妬《しっと》で暗殺するなんてありえない話だ。人殺しをしないという意味でも、嫉妬するはずがないという意味でも。

しかし納得《なっとく》がいかないと言いたげに、ディアークは長いため息をついた。

『はあ。こいつらがお互い想《おも》いあっているのは明白なのに、どうしてこんなに拗《こじ》れているんだか』

それが実は私の一方通行の想いなのよね……なんて、アンジェリカと同じことを言うコルに心の中で返答する。ディアークは帝国の皇太子だけあって人を見る目もあり嘘《うそ》を見抜《みぬ》く勘《かん》も良いのだが、セオドアの演技力はそんな彼さえ騙《だま》してしまうようだ。

……だから。

「勿論そのようなことは致《いた》しませんが……いくらお二人がご友人といえど、正直妬《や》いてしまいますね」

ディアークから引き離《はな》すように腰《こし》を抱《だ》き寄せられて、演技だと分かっているのにドキッとしてしまうのも致し方無いことだと思う。

「はいはい、邪魔者《じゃまもの》はそろそろ退散するかな」

ひらひらと手を振《ふ》りながら去っていくディアーク。けれどセオドアが回した腕の力を緩《ゆる》めることはなく、寄り添《そ》うような体勢に顔が赤くなってしまいそうなので、一旦《いったん》冷静さを取り戻《もど》す為セオドアのコルの声に耳を傾《かたむ》けた。

『……僕も早く退散したい』

予想通りの冷めた発言に、望んだことのくせに少しだけ落ち込んだこともまた、致し方無いと主張したい。


パーティーもそろそろ終わりの時間が近づいてきた頃《ころ》。立て続けに挨拶《あいさつ》に来た要人相手の会話に疲労《ひろう》を覚えた私は、セオドアに飲み物をとってきてほしいと頼《たの》み、バルコニーで一人休憩《きゅうけい》をとっていた。

「婚約解消、か……」

一人といっても数歩後ろに騎士《きし》が二人控《ひか》えている。だからその呟《つぶや》きは、後ろの彼らに聞こえない程度の極々小《ごくごく》さなものだった——のだが。

「今、なんと言いましたか？」

「わっ⁉」

後ろからいきなりそう声をかけられ、思わず王女らしからぬ叫《さけ》び声をあげてしまった。

振り返ると、両手にグラスを携《たずさ》えたセオドアがどこか思いつめたような表情を浮かべていて。

「い、いえ、なんでも。それよりもありがとうございます」

動揺《どうよう》を隠すようにグラスを一つ受け取り、口をつけた。アルコールが一滴《いってき》だって飲めない私の為に、ノンアルコールのスパークリングワインを持ってきてくれている。そうして泡《あわ》が口の中でしゅわしゅわと弾《はじ》けるその感覚を楽しみながら、全部飲み干してしまうまで、結局セオドアは一言も発さなかった。空になったグラスを片手に、流石《さすが》に気まずさを覚えて声をかけた。

「何か？」

「その、婚約《こんやく》解消って……」

どうやらしっかり聞こえてしまっていたらしい。いずれはそのつもりだが、確定した訳ではないのに迂闊《うかつ》だった。案の定私の返答を待つコルは、期待に満ちた目でじっと見てくる。

『婚約解消……本当にできるのだろうか』

王命であるこの婚約の解消を、伯爵《はくしやく》家の次男に過ぎない彼から持ちかけることは難しいだろう。ましてやキエザ家は代々王家への忠誠心が高く、彼の両親がその私情を許すとは思えない。

「色々調べております。過去に前例がないかと」

「どうして……」

どうしてもこうしても、セオドアが望んでいるからに他《ほか》ならないのだが。とはいえ、本当のことを王女相手に口に出せるはずもないだろうと踏《ふ》む。

しかし彼は予想外の問いかけをしてきた。

「エステルは、僕のことがお嫌《きら》いですか？」

「……まさか」

嫌いになれればどんなに良かったか。

セオドアがどんなに私を嫌い疎《うと》んでいても、その心の内を知るまでの幸せだった四年間の記憶が未だ鮮明《せんめい》で、大切で、好きな気持ちを消すことができずにいるのだから。

それに——。

「貴方《あなた》が——」

貴方が私を嫌いなんじゃないか。そう言いかけて、やめた。

セオドアは本心を隠すことが上手《うま》い。今だってやっと視線が絡《から》まったかと思えば、その悲しそうに細められた目尻《めじり》には薄《うっす》らと涙《なみだ》が浮かんでいるように見えるのだから。嫌われているだなんて、読心魔法《まほう》がなければ絶対に分からないことだ。ただの婚約者でしかない状態で、そんじょそこらの国家機密よりもずっと秘匿《ひとく》されているこの魔法の存在を悟《さと》られる訳にはいかない。

「……貴方が、不利益を被《こうむ》るようには致しませんのでご安心ください。ではそろそろ会場に戻りましょう」

「っ、待ってください！　僕は――」

「セオドア」

彼の名前を普段《ふだん》より低い声で呼び話の続きを制すれば、セオドアはぐっと押し黙《だま》ったが、心までは止められるはずも無く。

『僕は、不利益を被ってもいい。婚約解消の為《ため》ならなんだってする。だから……』

そのコルの切実な言葉を聞いて、やはりなるべく早く婚約解消してあげなければと改めて思う。縋《すが》るような態度をとっていても、本心では婚約解消を強く望んでいる。無理して心無いことを言わせてしまい申し訳ない気持ちでいっぱいになった。

そもそも基本的にセオドアは表面上だけでなく、心の内すらも裏表がなく、誰《だれ》に対しても優《やさ》しい人なのだ。ただ唯一《ゆいいつ》私にだけ、あのように冷たく辛辣《しんらつ》なコルなのである。だから、きっと私が彼にここまで嫌われるだけの何かをしてしまったに違《ちが》いない。

「……エステル、手を」

『早く、この役目から解放されたい』

ああ、こんな力などなければ良かったのに。そうすれば、彼に愛されているのだと信じてやまない愚《おろ》かな女でいられたのに。

建国記念パーティーから数日経《た》ったある日の昼下がり、女王の執務《しつむ》室まで来るよう呼び出しを受けた。

「失礼致します。エステリーゼが参りました」

「よく来たわね、エステリーゼ。まぁ座って頂戴《ちょうだい》」

室内はペンを片手に微笑《ほほえ》む母上一人であった。人払《ひとばら》いをしてあるあたり、何か聞かれてはならないような話なのだろうかと疑問に思いながらも、促《うなが》されるままに着席する。

どういう原理か分からないが、同じ読心魔法を使える相手のコルは見えない。母上や祖母は勿論《もちろん》のこと、今は亡《な》き曾祖母《そうそぼ》に対してもそうであった。従って母上の考えていることはさっぱり分からない。既《すで》に他人のコルが見えることが当たり前になっている私にとって、それはもどかしくもあり、落ち着くようでもある。

「呼び出した用件なのだけれどね。来月のヴェルデのドロテーア皇女の誕生祭、貴女《あなた》に行ってもらうことになったの」

「それは構いませんが……ライモンドが行く予定だったのでは？」

第一王子のライモンドは、私の二つ下の弟だ。我が弟ながら大変賢《かしこ》い上社交性も高く将来有望。皇帝《こうてい》の誕生祭ともなれば母上か私が参加する方が良いだろうが、今回は第三皇女なので経験を積ませるべくライモンドに行かせると聞いていたのだが。

「そうするつもりだったのだけど、主役からのご指名なのよ。しかも滞在《たいざい》中皇女直々に城下町を案内してくださるのですって。……正確にはセオドア目当てね」

「ああ……なるほど……」

ヴェルデ帝国のドロテーア第三皇女はセオドアにご執心《しゅうしん》で、私と同等かそれ以上に私たちの婚約解消を望んでいる人物だ。十歳前後で婚約者を決めるのが通例のヴェルデで、十六歳を目前にして未《いま》だに婚約者がいないのは、セオドアを諦《あきら》められないからだというのは有名な話である。

アカルディの令嬢《れいじょう》たちは、私に対するセオドアの溺愛《できあい》っぷり——演技だが——を見続けた結果、大抵《たいてい》は諦めているらしい。しかしドロテーア皇女を始めとする他国の女性陣《じん》はそう接する機会がなく、未だなんとかセオドアを手に入れようと画策している人は少なくないようで。

「だから気をつけなさい。次期女王の婚約者を奪《うば》い取るなんてことはそうそうできないけれど、隙《すき》を見せたり、借りを作ったりしないように」

「肝《きも》に銘《めい》じます」

ヴェルデとは友好関係を築いているものの、当然国力の差はあり、ヴェルデの皇帝とアカルディの女王とでは皇帝の方が身分が上である。次期女王の私と第三皇女では私が少しだけ上だが……失礼なことをしないよう気をつけなければならない。

「まぁ第三皇女は絵に描《か》いたようなワガママお姫様《ひめ》だし、アカルディをどうにかしたくてたまらない皇弟は揚《あ》げ足取りがお得意の狸爺《たぬきじじい》で、癇《かん》に障《さわ》ることは多いでしょうけれど」

威厳《いげん》はあるが気さくでもある母上は私相手だと結構歯に衣《きぬ》着せぬ物言いをする。ワガママお姫様と狸爺とは皇族相手に散々な言いようであるが、正直なところ私としても同意なので、苦笑いを返した。

そんな私の態度に危機感が足りないと感じたのか、母上が頬《ほお》に手を当てため息をつく。

「本当に気をつけなさいよ。ああいう女がねえ、とんでもない呪《のろ》いをかけてくるのだから」

「呪い、ですか?」

「そう。ああいう執念深い女の叶《かな》わなかった恋心《こいごころ》は恨《うら》み辛《つら》みになって呪いになるの。それは私たち聖女の力を継《つ》ぐ者でも解くのは難しいわ」

呪いがこの世界に存在しているだなんて話は初耳だが、母上の話しぶりから察するに、実際に呪いの存在を確認《かくにん》しているようだった。

「……表向きに招待されたのが私なら、別のパートナーを連れていくことはできませんか？　それこそライモンドとか」

「それも考えたわよ。けれどヴェルデの城には魔法の使えない場所がいくつかあるでしょう。ライモンドも魔法に関しては優秀《ゆうしゅう》だけれど、貴女の護衛役も兼《か》ねる意味では剣《けん》の腕《うで》が足りないわね」

この世にはどういう原理か、魔法の使えない場所がいくつかある。その一つであるシュティレ洞窟《どうくつ》の石を床《ゆか》や壁《かべ》に使うことで、ヴェルデの城は謁見《えっけん》の間やホールなど、魔法を使えない部屋を作り上げている。それが暗殺等を防ぐ目的なのは想像に難《かた》くない。ただし、そんな場所でも私たちの魔法は問題なく使えるから、聖女の魔法と四属性魔法とは根本的に原理が違うのではないかと考えている。

「では、騎士《きし》の中で家柄《いえがら》も問題ない誰かではどうでしょうか」

「セオドア以外を連れていけば不仲だなどと噂《うわさ》されるかもしれないわよ？」

「セオドアには、何か長期の任務を命じるなどして……」

呪いがどういったものか分からないが、片思いでもセオドアは大切な人。危険な目にあわせたくなくて何とかできないかと考えを巡《めぐ》らせていると、不意に母上がくすりと笑った。

「ふふ、セオドアを奪われるのが嫌《いや》なのね」

「それは――」

長年セオドアに対して素っ気ない態度をとり続けているにもかかわらず、私がセオドアを好きだと確信しているような口ぶりだ。母上にも私のコルは見えないのだが……と考えたその時、はたと気づく。

母上だってコルが見えるのだから、セオドアの本心を知っているはず。なのに何故《なぜ》、婚《こん》約《やく》解消の提案をしないのだろう。

確かに結婚相手として相応《ふさわ》しい年齢《ねんれい》層の中で、セオドアが一番の実力者であるのは間違《まちが》いない。けれど彼が特出しているだけで、二番手三番手も通常なら次期王配に選ばれてもおかしくないだけの実力を備えているのだ。だから私の相手は、セオドアが望ましいが必ずしもセオドアでなくても良い。少なくとも、私をあれほど嫌悪《けんお》し、苦痛を感じている彼に無理矢理《やり》押し付けてまでは。

ならば何故。まさか私がセオドアのことが好きだから……？　いや、母上は娘《むすめ》の為だろうと、こんな風に一方に負担を強《し》いるだけの婚約を良しとするような非情な女王ではない。

……まさか、私にはセオドアのコルが正常に見えていないのだろうか？

――いや、そんなはずがない。読心魔法そのものが異常ならまだしも、セオドアのコルだけが都合良く異常だなんてことは、嫌《きら》われていない可能性を見出《みいだ》したいだけの、ただの願望に過ぎない。

「それは……嫌ですよ。セオドアは優秀な人材ですから、奪われる訳にはいきません」

「あらあら、素直《すなお》じゃないわね。まあ兎《と》に角、セオドアを連れていくかどうかは本人と話し合いなさい。明日ヴェルデに返事を出すから、それまでに決めて頂戴ね。連れていかない場合は代理の者も考えておくように。でも私としては、セオドアを連れていくことをオススメするわ」

「……畏《かしこ》まりました」

複雑な心境のまま母上の執務室を出たあと、そのままの足でセオドアがいるであろう訓練所に向かう。王配の一番重要な役割は希少な力を持った女王を、護衛をすぐ近くに配置できない時——例えばダンスの時や就寝時《しゅうしん》——にも傍《そば》で守ること。次期王配としての仕事や教育を受けるのに忙《いそが》しく、騎士団で役職を持っている訳ではないセオドアも、私を守る力をつける為予定が何もない時間は騎士団で訓練をしている。

先に行った侍女《じじょ》が話を通してくれていたので、特に事情の説明もなく訓練所の中に入ることができた。剣で打ち合うような音と気合いの入った声のする方へ向かえば、そこに目的の人物がいた。

セオドアは現在団員たち相手に指導をしながら二十対一で戦っている様子。……まぁ、この間の邪竜討伐《じゃりゅうとうばつ》任務を想定より一ヶ月以上も早く終わらせた彼なら、このくらいはウォーミングアップの範囲《はんい》だろう。

中断させてしまうのも悪いな、と思い壁際《かべぎわ》で切りの良いタイミングを待っていると。

「……殿下《でんか》？　セオドアに御用《ごよう》ならお呼びしましょうか？」

「あら、ロランド」

休憩《きゅうけい》から戻《もど》ってきたらしいロランド・オベルティに声をかけられた。燃えるような赤い髪《かみ》が印象的な彼はオベルティ公爵《こうしゃく》家の長男で、セオドアと同い年。幼少期は性格に難ありだったが、今では真面目《まじめ》で実力も高く、強者揃《つわものぞろ》いの第一小隊の副隊長にもなっている。

「終わるまで待ちますから構いませんよ。それより……随分頑張《ずいぶんがんば》っていますね」

「き、恐縮《きょうしゅく》です。まだまだ未熟ですが精進《しょうじん》して参ります」

そう畏まって頭を下げるロランドは、剣術の力量もパートナーとしての家格も問題ない。セオドアの代わりとしてヴェルデに連れて行くのにうってつけの存在だ。……本当に、幼少期は性格に難ありだったが。

「ふふっ、まさかあの意地悪ロランドが最年少で第一小隊の副隊長になるなんて」

「殿下……その話は人生の汚点《おてん》なので、勘弁《かんべん》してください……」

「私だって凄《すご》く叱《しか》られたんですから、いいじゃないですか。本当に人って変われるんですね」

「それは、殿下のお言葉のおかげですよ」

「……まぁ、その話は恥《は》ずかしいわ」

ロランドは昔公爵家の権力を笠《かさ》に着て、自分より家格が下の子に対して理不尽《りふじん》な暴力を振《ふ》るっていたのだ。ある日たまたまその現場に出くわした私が、「じゃあ貴方《あなた》も王女の私には何されたって文句言えないわよね？」とタコ殴《なぐ》りにした結果、以来心を入れ替《か》えたのだという。

「言っておきますが、誰彼《だれかれ》構わず手を出していた訳じゃないんですよ。あの頃《ころ》は自分が王配になるのだと思っていたので――」

「誰が王配になるって？」

「うわっ！　せ、セオドア……！」

ロランドを揶揄《からか》うのに意識を向けていたので、セオドアが近づいて来ていたことに気がつかなかった。彼は少し汗《あせ》をかいてはいるもののほとんど服が汚《よご》れていないあたり、あの二十人が彼に膝《ひざ》をつかせることは難しかったようだ。

「ごめんなさい、邪魔《じゃま》してしまいましたね」

「いえ、それは構わないのですが……二人で何の話をしていたんですか？」

「ち、違うんだ。今のは昔の話で」

ロランドは何故かセオドアに対して必要以上に警戒《けいかい》し、敵意はないとでも言いたげに両手を上げて後ずさっていく。その奇妙《きみよう》な動きを疑問に思いながらも、あまり彼らの時間を奪うのも悪いと本題に入った。

「そうです。本題は別で……来月ヴェルデに行く時、ロランドにパートナーを務めてもらおうかと思いまして、話しに来たのです」

「殿下!?」

『殿下は何を言っているんだ!?　そんなことになればセオドアに殺されてしまう！』

ディアークといいロランドといい、セオドアのことをなんだと思っているのだ。彼は穏《おだ》やかで優《やさ》しく、辛辣《しんらつ》なのは私にだけなのだから。セオドアはそんなことしないでしょう、と不必要に震《ふる》えるロランドのコルに思わず言い返したくなる気持ちをのみ込んだ。

セオドアがそんなロランドを一瞥《いちべつ》し、難しい顔をして私に尋《たず》ねてくる。

「エステル、どういうことですか？」

「どういうことも何も、そのままの意味ですが……」

「殿下、どうか最初から詳《くわ》しく説明してください！」

「ええと……」

母上は選択魔《せんたくま》法《ほう》が使える。いくつかの選択肢《せんたくし》がある場合より良い結果につながるものが分かるという、国の頂点たる女王に相応しい魔法だ。そんな母上がセオドアをと言うのであれば、彼を連れて行くのが正解なのだろう。が、個人的には連れて行きたくない。セオドアだって行きたくないだろう。それに、もし仮に婚約解消して彼が他《ほか》の人と結ばれることになっても、呪《のろ》いの話が気になるし、その相手はできればドロテーア皇女であってほしくない。

……と考えたところで、そのドロテーア皇女がセオドアを呼んでいるというくだりを話していないことを思い出した。

「そうでした。ロランドにパートナーとして参加してほしいのが、ドロテーア皇女の誕生祭なんですよ」

「第三皇女……ですか」

彼女のことを思い出してか、セオドアが苦虫を噛《か》み潰《つぶ》したような顔になる。

ドロテーア皇女は会う度《たび》に私とセオドアの間に割って入り、恋人《こいびと》かのようにセオドアの腕《うで》を掴《つか》んで離《はな》さないというなかなかに押しの強い女性だ。ただ、彼のコルは私なんかよりは彼女の方がずっと良いと言っていたから、嫌ってはいないのだろうと思っていたが。

「元々ライモンドが行く予定だったのですが、態々《わざわざ》私を指名してきたんです。言うまでもなくセオドア目当てですよね」

「それで殿下は俺に？」

「ええ、ロランドには護衛の一人として同行してもらいますから。その間セオドアには長期の任務にでも行ってもらおうかと」

そう言うとセオドアは悩《なや》ましげに手のひらで頭を押さえた。表向きは傍《そば》にいさせてください、が基本スタンスの彼にしては珍《めずら》しく、迷っているらしい。勿論《もちろん》コルの方は『長期の任務の方がいい』と迷いなく頷《うなず》いているが、ロランドの前ではそんな素振《そぶ》りを見せることができないようだ。

「ですが、ヴェルデに行く際毎回ロランドに任せる訳にもいきませんから、やはり僕が」

「それもそうですが、今回は何か企《たくら》んでいるのか、滞在《たいざい》中はドロテーア皇女直々に城下町を案内してくださるそうなのです。それに彼女は主役ですから、ダンスの相手等を要求されても断りづらいですよね」

「……」

ついにセオドアは頭を抱《かか》えてしまった。暫《しばら》く待っても彼から言葉が出てきそうにないので、青い顔で私とセオドアを交互《こうご》に見ているロランドへ向けて話を続ける。

「ロランドは今もまだ婚約《こんやく》者は決まっていませんよね？」

「え、ええ」

『昔のこともあるしな……アカルディの騎士《きし》として恥じない自分になるまでは……』

私からすればとっくに立派なアカルディの騎士となっている彼は、過去の行いを省《かえり》みて未《いま》だに婚約者を定めていないようだ。とはいえ若手の中ではセオドアに次ぐ実力があるのだから引く手数多《あまた》のはずだし、七歳差にはなるが妹のアンジェリカの婚約者候補の一人としても名前があがっているほどだ。なんなら私の婚約者——つまりは次期王配としても申し分ない。

だからもしセオドアとの婚約を解消したら、次の相手はロランドが有力だろう。そうして私とロランドが婚約することになれば、アンジェリカとセオドアが婚約すれば良い。ロランドは私に敬愛を抱《いだ》いてくれているし、セオドアとアンジェリカは恋愛《れんあい》感情ではなくとも互《たが》いに親愛を抱いている。こちらの方が丸く収まるのではないだろうか。

考えをまとめ、改めてロランドにパートナー役をお願いしようとした丁度その時。

「でしたら是非《ぜひ》——」

「エステル」

黙《だま》り込んでいたセオドアに名を呼ばれ一旦《いったん》口を閉《と》ざす。王女の話を遮《さえぎ》ったことを失礼と思うような間柄《あいだがら》ではないが、そのどこか必死な声色《こわいろ》に少々驚《おどろ》いていると。

「セ、セオドア？」

彼が私の足元に跪《ひざまず》いたかと思えば、何気なくおろしていた手をそっと掬《すく》い取られた。

「確かに第三皇女のことは気にかかりますが……それでも、どんな理由があっても、貴女《あなた》の隣《となり》を誰にも譲《ゆず》りたくありません」

それが本心のはずがない。コルは全く違う思いでいるのだから。

だけど——。

「ですからどうか、僕にパートナーを務めさせてください」

辛《つら》そうに眉《まゆ》をきゅっと寄せ、真剣《しんけん》な瞳《ひとみ》で真っ直《す》ぐに見つめられてそう懇願《こんがん》されては。

いくら相反する彼の心の内を知っていて、それが結果的に彼を苦しめるのだとしても、それでもロランドを連れていく……とは流石《さすが》に言えなかった。

「──分かりました。では、宜《よろ》しくお願いいたします」

「ありがとうございます……！」

安心したように満面の笑《え》みを浮《う》かべたセオドア。

これで良かったのだろうか。けれど決めてしまったものはもうどうしようもないので、微笑《ほほえ》み返した。

『良かった……！　セオドアの恨《うら》みを買うところだった……！』

「では、自分は先に訓練に戻《もど》ります！　失礼致《いた》します！」

「ええ、頑張《がんば》ってください」

セオドア以上にホッとしている様子のロランドは、素早《すばや》く礼をしてそそくさと去っていく。……パートナーはセオドアに決まったが、何があるか分からない。いざという時の為《ため》にロランドの分の正装も手配しなければ、とその背を見ながらぼんやり考えた。

「先ほどロランドと楽しそうに話をしていらっしゃいましたよね。それに王配がどうとか……何をお話しされていたのですか？」

どうやらまだ訓練に戻るつもりのないらしいセオドアは、私の手を握《にぎ》ったまま立ち上がるとそう聞いてきた。まるで嫉妬《しっと》しているかのような口ぶりだが、深い意味は無いのだろう。

「ロランドが昔はいじめっ子だったのに、今では立派な騎士になって副隊長にも選ばれたなんて凄《すご》いですねと言っていたんです。そうしたら、ロランドは誰彼《だれかれ》構わずいじめていた訳ではなくて……という話をしていたところでした」

「……なるほど」

『あの頃《ころ》のことか。聞かれたくない話だったから、良かった』

私の短い説明でもロランドが言いたかった話を察したらしい彼は、それ以上深く聞いてくることは無かった。その聞かれたくない話の詳細《しょうさい》を、勝手にコルから聞いてしまわないように慌《あわ》てて話題を変える。

「それよりも、本当に良かったのですか？　貴方《あなた》をパートナーとしてヴェルデに同行させてしまっても」

ヴェルデに行くとなると二週間ほどの行程になる。その間ずっと一緒《いっしょ》にいなければならないのは、彼にとってかなりの精神的負担だろう。コルだって『行きたくないけれど、ロランドの前だから仲の良いフリをせざるを得なかった……』と頭を抱えている。

それでも彼は、何てことのないように微笑んだ。

「勿論です。僕のいないところで、他の誰かがずっと貴女の傍にいるだなんて……耐《た》えられそうにありませんから」

政略的な婚約者相手ではなく、恋人にかけるようなどこまでも甘い言葉。それが本心からのものであればどれほど良かったかと小さく肩《かた》を落とした。

第三章　ヴェルデ帝国

ヴェルデの首都までは、目的地までノンストップで走るこの王族専用の魔法《まほう》列車でも大体四日ほどかかる。アカルディは東西に長細い小さな国だが、ヴェルデは魔界を除いた大陸の半分以上を占《し》める広大な国であり、その首都は遠い。もし列車ができる前ならここまで頻繁《ひんぱん》に行き来しなかっただろうから、ディアークとも今ほど仲良くはなっていなかったかもしれない。

……なんて、とりとめのないことを考えているのは現実逃避《とうひ》だ。何故《なぜ》なら――。

「目的が第三皇女の誕生祭というのは些《いささ》か不服ですが……エステルとこうして毎日一緒にいられるのは、凄く嬉《うれ》しいです」

いくつもソファのあるこの部屋で密着するよう隣に座り、私の腰《こし》に手を回し抱《だ》き寄せたまま機嫌《きげん》良くニコニコしているセオドアに、意識を逸《そ》らさないとドキドキして耳まで赤くなってしまうから。

『王女と何日も一緒だと思うと気が滅入《めい》るな。せめて別の車両に移りたいけど……僕から言えるはずもないし』

離《はな》れたソファに座る彼のコルは相も変わらず真反対なことを言っているが、だからといって身体的接触《せっしょく》に全く緊張《きんちょう》しないかといえば別問題である。口づけこそしたことがないものの、こうした触《ふ》れ合いはよくあることで、あれほど嫌《きら》っている相手になんと辛抱《しんぼう》強いことかと感心さえする。

「セオドア。申し訳ありませんが、少し一人にしてくれますか？」

なにはともあれ、それとなく解放してあげなければと気を回したつもりだったのだが。

「……やっぱり、エステルは僕のことがお嫌《きら》いですか？」

「ち、ちが――」

しゅんとして私の顔を覗《のぞ》き込んでくるその様は、犬耳が付いていたらペタリと倒《たお》れていただろうなと思うくらい悲しげで。

「少し眠《ねむ》たくなってきたから、横になろうかなあと。ですから……」

慌てて誤魔化《ごまか》すようにそう付け足した。咄嗟《とっさ》に思いついたのがバレバレな苦しい言い訳だっただろう。しかしそれを聞いたセオドアはホッとしたように身体《からだ》を起こすと、自分の膝《ひざ》に膝掛《か》けを畳《たた》んで載《の》せ、ポンポンと叩《たた》いた。

「では僕の膝を枕《まくら》にお使いください」

「…………お言葉に甘えます」

これも断れば更《さら》に落ち込ませてしまうかもしれない。そう考え、覚悟《かくご》を決めてセオドアの膝に頭を預けた。満足げに微笑む彼の長い指が、私の髪《かみ》を撫《な》でるように梳《と》かしていく。

それが本当に寝《ね》てしまいそうなくらい気持ち良くて、ほうと息を吐《は》いた。

しかしどうしてこうなってしまったのか。今のは「では、ごゆっくりお休みください」と言って自然に退室できる流れだったはずだ。なのにそうしないということは……そう、わずかな可能性が頭に浮かんだ矢先。

「そもそも僕はエステルの護衛も兼《か》ねているのですから、お傍を離れませんよ」

そんな尤《もっと》もなことを言われ、思考はふりだしに戻る。

「別に、いざとなったら転移するから大丈夫《だいじょうぶ》です」

少し期待しただけに、なんとなく上げて落とされたような気になり素っ気ない返事をしてしまった。しかし実際に転移魔法はアカルディの王族の女性以外に使える人もいないし、離れていれば足手まといになることも無いし……的外れなことは言っていない、と思う。

すると、はああと長いため息が聞こえてきたので見上げれば、セオドアが私を撫でながら苦笑いを浮かべていた。

「エステルにとって僕の傍が一番安全だと思っていただけるよう、もっと強くならなければいけませんね」

「そ、そういうことではありません！　セオドアは充分《じゅうぶん》強いですよ？　ですが私がいれば足手まといになりますから」

「それなら大丈夫です。エステルを抱《かか》えたままでも、竜《りゅう》の一匹《ぴき》や二匹問題なく倒せますから」

そんな馬鹿《ばか》なと言いたいところだが、セオドアなら本当にそれをやってのけるかもしれないと思わせるだけの実力があるので恐《おそ》ろしい。勿論冗談《もちろんじょうだん》だったとしても、セオドアの傍が一番安全だろうことは、とっくに理解しているけれど。

「……普段《ふだん》はもっとこう、いつでも剣《けん》を抜《ぬ》けるようにしているではありませんか」

セオドアがヴェルデに同行することはこれが初めてではない。だが、普段は彼のコルが今座っている、ローテーブルを挟《はさ》んで斜《なな》め前くらいの一人がけのソファに座り、常に剣の柄《つか》へと手をかけていた。美形は何をしても絵になるものだと思いつつ、気まずいので私は毎度書類仕事を持ち込んで無言の姿勢を貫《つらぬ》いていたのだけれど。なんの気まぐれか、今回は隣《となり》に座って来たのである。

「あれは……いかにも護衛の為にいますという姿勢をとってないと、追い出されるかと思っていたので」

「……否定できませんね。ですが、こんな体勢では動きづらいのでは？」

「剣を使わずとも魔法でどうにでもできますから」

「なら、いいのですが」

何にせよこの状態を逃《のが》れる術《すべ》はなさそうなので、大人しく膝枕をしてもらうことにする。

「何があっても僕が貴女《あなた》を守りますから、安心して寝ていてくださいね」

落ち着いた彼の声はどこまでも優《やさ》しくて、私はその言葉通り彼の膝に頭を預けたまま眠りに落ちていった。


それから問題なく旅路は進み、予定通りの日程でヴェルデの城へと辿《たど》り着いた。

「久しぶりだな、エステリーゼよ」

「皇帝《こうてい》陛下におかれましてはご機嫌麗《きげんうるわ》しく……」

「良い良い、そんなに畏《かしこ》まらずとも。儂《わし》はお前のことを娘《むすめ》のように思っているのだから」

到着《とうちゃく》した時刻は既《すで》に夕方であったが、その日のうちに皇帝陛下との謁見《えっけん》の機会が設けられた。皇帝陛下はこの大国を治めているだけあって威厳《いげん》もオーラもある方だが、その言葉に偽《いつわ》りなく私のことを可愛《かわい》がってくださっている為《ため》態度は柔《やわ》らかく、最初の挨拶《あいさつ》もそこそこに肩の力を抜いた。

「ありがとうございます、光栄です」

「本当に、次期女王でさえなければディアークの妻にと望んだのだがなぁ。実に惜《お》しい」

ディアークはまだ婚約《こんやく》者がいないことになっているが、実際は彼の愛する美人で優しいとある令嬢《れいじょう》に内定している。しかし何かと狙《ねら》われることの多い彼の弱みにならぬよう、極々《ごくごく》限られた人物にしか知らされていないのだ。だから私が次期女王ではなかったとしても、当然そんなことは有り得ない。

つまるところ今のは皇帝陛下の冗談だ。冗談なのだが……なんだか後方に控《ひか》えるセオドアの方からピリピリした何かを感じる。

「父上、俺の暗殺者候補を増やさないでいただきたい」

皇帝陛下の言葉に返事をしたのは同席していたディアークだった。彼が苦笑《くしょう》しながらもセオドアに視線を送るので、私も彼の方へと振《ふ》り返ればなんだか少し不快そうに眉《まゆ》を寄せていた。

セオドアはディアークに婚約者がいることを知らない。だから皇帝陛下の言葉に独占欲《どくせんよく》から苛立《いらだ》ったように見える、が――。

『この人が次期女王でなければ、婚約せずに済んだんだよな……』

と肩を落とすセオドアのコル。慣れたもので、私はそんなことだろうと思っていた。

「はは、すまんすまん。エステリーゼは愛されているなぁ」

皇帝陛下はセオドアの表情を嫉妬《しっと》によるものだと読み取ったらしく、そう言っておおらかに笑って。

『――にもかかわらずドロテーアはいったい何を考えているのか。誕生祭のパートナーとしてセオドア殿《どの》を連れてこられた暁《あかつき》には彼との婚約を認めてほしいなどと、儂や重鎮《じゅうちん》たちの前で宣言したが……この様子じゃ可能性の欠片《かけら》もなさそうだ。まぁ、仮に連れてきたところでエステリーゼの婚約者なのだから、頷《うなず》ける話ではないが』

などという大変不穏《ふおん》なことを考え始めた。思わず眉間《みけん》に手をやりたくなるのをぐっと堪《こら》える。

態々《わざわざ》私を指名して招待状を送って来たくらいだ。何かしらアクションを起こしてくるだろうとは思っていたが、まさか本当に婚約を願っていたとは。

『やたら自信満々だったのも不安だ……何か問題を起こさなければ良いのだがなぁ』

着いて早々ではあるが、既にセオドアを連れてきたことを後悔《こうかい》し始めた。やはりロランドにパートナーをお願いして、彼はどこか任務に行かせれば良かった。が、そんなことを表情に出す訳にもいかず奥歯を噛《か》み締《し》める。今のはあくまでコルが語った話でしかなく、追及《ついきゅう》することは敵《かな》わない。そんな当然のことにモヤモヤしながらも、表面上は穏《おだ》やかな会話を交《か》わした。

できる限り早急にドロテーア皇女に会って、何を企《たくら》んでいるのかを探《さぐ》らなければならない。しかし誕生祭も近く、忙《いそが》しいであろう彼女に会う機会はあるのだろうか……と不安に思っていたのだが、その機会は思ったよりも早く訪《おとず》れた。

謁見も終わると、余裕《よゆう》を持って到着した為本日の予定は特になく。宛《あて》がわれている客室に帰ってゆっくりしようと歩き始めた私をディアークが呼び止めた。

「部屋まで送る、いつものとこだろ？」

「……貴方《あなた》、皇帝陛下にはあんなこと言っていた割に遠慮《えんりょ》しないのね」

彼の申し出を意外に思ってそんな言葉を返した。てっきり彼のことだから、セオドアがいるなら席を外すだろうと考えていたのだ。

現にセオドアは所有権を主張するかのように私の腰《こし》を抱《だ》き寄せた。それが本心によるものではなくとも、一応同行を断った方が良いだろうかと迷っていると。

「いいじゃないか、久しぶりに会ったんだからさ」

『こいつらの邪魔《じゃま》をするのは不本意だが……父上からエステリーゼたちの滞在《たいざい》中は、あのバカがやらかさないよう極力見張ってろって言われてるからなぁ』

「……確かに久しぶりね」

ゲンナリした顔でため息をついたディアークのコルが言う、あのバカとはドロテーア皇女のことだろう。皇帝陛下やディアークには気遣《きづか》ってもらって有り難《がた》いやら申し訳ないやらで、兎《と》に角今は話を合わせた。実際は建国記念パーティーからまだ一ヶ月も経《た》っておらず、全く以《もっ》て久しぶりではないから、横でセオドアが久しぶり……？　と訝《いぶか》しげに首を傾《かし》げている。彼の疑問は至極当然だけれど、今は気づかないフリをした。

そうしてディアークも一緒《いっしょ》になり、とりとめのない会話をかわしながらも宛がわれた客室へ向かっていると。

「セオドアー!!」

突如《とつじょ》聞き覚えのある声が左側から近づいて来た。まさかと思って立ち止まり、視線を向ければ。

「もういらしていたの？　お出迎《でむか》えしたかったのにい！」

「だ、第三皇女殿下《でんか》……」

「もうっ、ドロテーアと呼んで頂戴《ちょうだい》っていつも言っているでしょう？」

天高く響《ひび》き渡《わた》るような声量と、よくぞその重そうなドレスで先ほどの機動力を出せたなと感心してしまうような速度で、セオドアにタックルするように抱きついたのはやはりドロテーア皇女だった。回廊《かいろう》を歩いていた私たち——正確にはセオドアしか見えてはいないだろうが——を見つけ、突撃《とつげき》しに来たらしい。

「……御機嫌《ごきげん》よう、第三皇女殿下」

「あら、貴女もいらしていたのね」

セオドアに夢中で聞いていないだろうが、一応礼儀《れいぎ》としてドロテーア皇女に挨拶をしておくと、真意はどうあれ「招待されたのは私だったはずでは……」と言いたくなるような言葉が返ってきた。

セオドアは何とか自らにしがみつくドロテーア皇女の腕《うで》を剝《は》がそうとしているが、彼女の執念《しゅうねん》が凄《すさ》まじく、何度剝がしても元《もと》に戻ってしまう。

勿論《もちろん》セオドアからすれば力ずくで剝がすのは容易なことだが、怪我《けが》を負わせる恐《おそ》れもある為、他国の皇女相手に下手なことはできない。それを咎《とが》める権利を持った婚約者の私はと言えば、『王女よりは第三皇女の方が幾分《いくぶん》ましだ』というコルの声に、果たして口を挟《はさ》んで良いものか判断しかねており、遂《つい》に見かねたディアークが彼女を窘《たしな》めた。

「おい、ドロテーア。人の婚約者に気安く触《ふ》れるな」

「お兄様に言われたくないわ。お兄様ってばこの人と随分《ずいぶん》仲がいいじゃないの」

「俺たちは友人だからな。お前のそれは横恋慕《よこれんぼ》って言うんだ」

「あーらぁ！　すぐに横恋慕じゃなくなるわ！」

「お前……」

そんな目前で行われる兄妹《きょうだい》の言い争いを愛想《あいそ》笑いでやり過ごしながらも、皇帝陛下曰《いわ》く何かやらかしそうだというドロテーア皇女のコルの声に、今がチャンスと耳を傾《かたむ》ける——と。

『このムカつくベール女を失脚《しっきゃく》させて、セオドアを私のものにしてみせるわ。……その為にもまずは既成事実《きせい》を作る準備をしなければ』

え？　と言いたくなり薄《うす》くあいた口を咳払《せきばら》いで誤魔化《ごまか》す。失脚させる？　どうやって？

それに、既成事実……というのは、セオドアと関係を持つことを目論《もくろ》んでいるということだろうか。比較的婚前交渉《ひかくてきこんぜんこうしょう》に寛容《かんよう》なアカルディでさえ、その相手と結婚することが大前提だというのに。

ましてや婚前交渉が禁じられていると言っても過言ではないヴェルデにおいて既成事実など……もし本当にそうなれば、いくら相手が次期女王の婚約者といえど、責任を取らせようとすることはさほど不自然な話ではない。

とはいえ、実際に既成事実が作れるかどうかはまた別の話だ。たとえ力ずくだろうがなんだろうがセオドアがそう簡単に身体《からだ》を許すはずがない。

『折角《せっかく》会えたのに名残惜《なごりお》しいのだけれど、あまり時間がないのよねえ』

「今は忙しいからもう行くけれど、また会いに来るわ！　それでは御機嫌よう」

許すはずがない……のだが。自信満々に去っていくドロテーア皇女の背中を見ていると、不安が拭《ぬぐ》えない。そんな釈然《しゃくぜん》としない気持ちを抱《かか》えたまま、彼女の姿が見えなくなるまで見送った。

「はぁ……二人ともすまない。問答無用で謹慎《きんしん》させたいところだが、誕生祭目前だからな……」

「貴方が謝ることじゃないわよ」

ディアークは申し訳なさそうに項垂《うなだ》れるが、角の立たぬよう振《ふ》る舞《ま》わざるを得ない私やセオドアの代わりに窘めてくれたのだから、寧《むし》ろこちらがお礼を言わなければならないところだ。

「そう言ってくれると助かるよ。セオドア卿《きょう》も、アイツの言うことはきかなくていいぞ。何かあったら俺の名を出していい」

「ご厚情《こうじょう》痛み入ります」

頼《たよ》りになる口約束に感謝しつつ、どうかそれが必要な事態にならなければ良いと願いながら再び歩き出した。


その日の夜。ディアーク曰く実質私専用になっているという客室のリビングルームにて、私はセオドアと共に夕食をとっていた。滞在している来賓《らいひん》同士の交流を目的とした、自由参加のディナーパーティーが開催《かいさい》されてはいるが、今日のところは疲《つか》れていたので食事を部屋に運んでもらったのだ。

「……エステル、先ほどは申し訳ありませんでした」

「ええと、何のことでしょうか」

メイン料理の皿が下げられデザートの用意がされている最中、セオドアがふいに口を開いた。謝罪されるような心当たりが思い浮《う》かばずに首を傾げれば、彼は白金の睫毛《まつげ》に縁《ふち》どられた綺麗《きれい》な目を伏《ふ》せて答える。

「第三皇女のことです。無理を言って同行させていただいたにもかかわらず、結局あの有様で……」

「ああ……そのことですか。でしたらディアークにも同じことを言いましたが、貴方が謝ることではありません」

王女の私ですら強くは出られないのだ。大帝国《ていこく》の皇女相手に小国の一貴族が刃向《はむ》かえるはずがない。だからこそ彼を連れて来たくなかった訳で、連れて行くと決めたからにはあの程度のことは覚悟《かくご》していた。まぁ、覚悟していたからといって不快に思わないかと言われれば別問題だが、少なくともセオドアに責任があるとは思わない。よって彼が私に謝罪する必要は全く無いのだが……。

「不可抗力《ふかこうりょく》でも、僕はエステルが他《ほか》の人に触《さわ》られていたら凄《すご》く嫌《いや》だと思いますから」

その様を想像したのか、彼は露骨《ろこつ》に顔を顰《しか》める。食事中という大義名分があるのだから黙《だま》っていても良かったのに、態々《わざわざ》こんな会話を始めたのも、侍女《じじょ》に騎士《きし》に給仕《きゅうじ》に……と周囲に控《ひか》えているからだろう。現にこのやり取りを聞いていた侍女たちのコルが黄色い歓声《かんせい》をあげているし。

「仮にそうだとして、セオドアも私に謝罪を求めないでしょう」

これ以上思ってもいない台詞《せりふ》を吐《は》かせることが申し訳ないので、これで話はおしまいだという意思を示す為《ため》フォークを手に取った。

まず美しく飾《かざ》り付けられた鮮《あざ》やかなベリーケーキを食べてみると、爽《さわ》やかな酸味が口いっぱいに広がる。いつ来てもヴェルデのパティシエは素晴《すば》らしいと心の中で称賛《しょうさん》しながら、次は光を反射するほど艶《つや》やかにコーティングされた一口サイズのチョコレートをパクリと口に含《ふく》み、それを噛《か》み砕《くだ》いた——その瞬間《しゅんかん》。

「……っ!!」

チョコレートの中から、喉《のど》が焼けるのではないかと錯覚《さっかく》するほどに度数の高い酒が出てきた。

油断していた為、咄嗟《とっさ》に吐き出すこともできずに飲み込んでしまう。すぐに顔が熱くなり、ガンガンと頭が割れるような痛みに襲《おそ》われる。

「エステル!!　大丈夫《だいじょうぶ》ですか!?」

私の異変をいち早く察したセオドアが、すぐに駆《か》け寄って来てふらついた身体を支え声をかけてくれるが、返事をしようにも気持ち悪さから視界が潤《うる》み、吐き気を我慢《がまん》することで精一杯《せいいっぱい》だ。

「きゃあ!　殿下!!」

「私医師を呼んできます……！」

「お前、何をした！」

「わ、私は何も知りません……！」

『毒……!? どこで混入したというんだ！』

侍女がバタバタと何処《どこ》かへ駆けて行き、控えていた騎士が給仕の男を取り押さえるが、彼は無実のようだ。食事開始時から特に怪《あや》しいコルの発言は無かったし、本当に何も知らないのだろう。

読心魔法《まほう》はあくまでその人の知り得る情報しか分からない。何かを企《たくら》んでいる人間が無実の人間を介《かい》して干渉してくれば、私はその危険を察知できないのだ。だからこそ悪人から警戒《けいかい》されぬように、この魔法の存在を知られてはいけないのである。

そもそもこれは酒であって毒ではないが、アルコールは体質的に受け付けないことは伝えてあるので、誰《だれ》かが故意に用意したはずだ。寧ろ毒によっては、まだ治癒《ちゆ》魔法を自分にかけられる余裕《よゆう》があるだけ酒よりもましである。

視界がぐるぐる回り、息苦しくなって、これ以上は、何も、考えられ、ない――。

「エステル……!!」

私の名を叫《さけ》ぶセオドアの悲痛な声。いつ意識を失ったかすら分からないが、記憶《きおく》が残っているのはそこまでだった。

目を開けると見慣れたデザインの天蓋《てんがい》が見えた。まだ酔《よ》いの抜《ぬ》けきらない頭で今の状《じょう》況《きょう》を把《は》握《あく》しようとするが、ぼうっとしてしまって上手《うま》く働かない。

「エステル！　良かった……」

ささやくような声に視線を向けようとすると、思った以上に近い距離《きょり》にセオドアがいてビックリする。私はどうやら寝《ね》ていたらしい。

「……あさ？」

「まだ夜ですよ。あれから二時間ほどでしょうか」

そっか、そんなに時間は経《た》っていないのか。それも納得《なっとく》の酔いの抜けなさだ。何かがつっかえたかのように胸が気持ち悪くて、深く呼吸する。

「水、飲めますか？」

「のみ、ます」

呼吸の合間にそう答えると、セオドアはまずグラスに用意した水を自分で飲んだ。

「……大丈夫そうですね」

先ほどのことがあったからか、念の為アルコールや毒の類《たぐい》が含まれていないか確認《かくにん》してくれたらしい。その後《ご》私の上体を起こして改めて水を注ぎ、両手を添《そ》えながら慎重《しんちょう》に渡《わた》してくれた──のだが。

「あ、ごめんらさ」

それでもうまく受け取れなくて床《ゆか》に零《こぼ》してしまった。セオドアは優《やさ》しく大丈夫ですよ、と言って火と風の混合魔法で器用にサッと乾《かわ》かしてくれる。至れりつくせりで申し訳ない。

もう少し意識がハッキリしたら、治癒魔法をかけられそうなのだけれど、頭がくらくらするし吐き気もあって、手も思った通りに動かなくて、水が飲みたいだけなのに、それすら難しい。どうしようもなく、深呼吸を繰《く》り返して気持ち悪さをしのいでいると、またセオドアが自分で水を飲んだかと思えば。

──ふいに、私の口を彼のそれが塞《ふさ》いだ。

理解するより先に流れ込んできた水をとりあえず飲み下す。何が起きたかよく分からないけれど、水は美味《おい》しかった。

「……もう少し飲みますか？」

「え、あ、は……はい。……え？」

訳が分からないままに返事をすると、また口移しで水を飲ませてくれる。それを何度か繰り返し、もう大丈夫だと言えた時には、身体《からだ》はまだ思うように動かないものの、驚《おどろ》きで思考が少しずつハッキリしてきた……いや、ハッキリしてきてしまった。真っ赤になってしまっているであろう頰《ほお》を隠《かく》してしまいたくて、酔いと動揺《どうよう》からプルプルと震《ふる》える手でフェイスベールを引っ張る。

完全に素面《しらふ》になってしまったらとてもじゃないがこの雰囲気《ふんいき》の中をやり過ごせないと確信し、彼が退室するまで治癒魔法を保留することを決めた。

私のそんな考えを知らないセオドアは、グラスを置いたあとベッドサイドに腰《こし》かけ背中をそっとさすってくれる。その手つきが優しくて気持ち良い。このままずっと彼の厚意《こうい》に甘えていたいけれど……。婚前交渉《こんぜんこうしょう》に寛容《かんよう》なアカルディといえど、少なくとも婚約解消はできなくなる。だから婚約者同士とはいえ夜に寝室《しんしつ》で長時間二人きりなんて、変に噂《うわさ》が流れたら。

「もう大丈夫、です。だから、自分の部屋に、もどってください……」

濁点《だくてん》を発声する程度のことさえ億劫《おっくう》ながらもなんとかそう伝えると、セオドアは困ったように笑った。

「もう少し傍《そば》にいさせてはいただけませんか?」

「だめ、です。結婚するしかなくなっちゃうから……」

問いかけに対して、思いつくままに返事をする。もしも完全に素面であったならば誤魔《ごま》化《か》す台詞を口にしただろうが、今は自分がなんと答えたのか気にする余裕さえなかった。

私の言葉の意味を理解した彼の、息をのむ音がして。

「──やっぱり、エステルは僕との婚約を解消するつもりなんですね」

そう言われて漸《ようや》く、うっかりバレバレな発言をしてしまったと気づく。動揺からうまく言葉が見つからず、無言はきっと肯定《こうてい》にとられただろう。彼は痛ましげに表情をゆがめた。

「お願いですからどうかそれだけは……」

「なぜですか？」

「何故《なぜ》って……そんなの……っ」

心底嫌《きら》いな相手と結婚することになってまで、王配になりたいのだろうか。セオドアには権力欲が無いから、そんなはずは無いと思うのだが。そんなことをぼんやりと考えていると。

「好きだからです」

「……え？」

「エステル、僕は貴女《あなた》が大好きです。……本当に、心から愛しているんです」

泣きそうな、切実な声に驚愕《きょうがく》し黙《だま》り込んでしまう。

そんなの有り得ない。だってセオドアのコルはいつも、今でさえ、反対のことを言っているのだから。

けれど……とてもじゃないがこれが全《すべ》て演技だとも思えない。それにいくら介抱《かいほう》の為《ため》とはいえ、あれほど嫌っている相手に口づけなんてできるものだろうか。もっと別の方法で水を飲ませることくらいできたのではないか。

……もしかして、本当に私のことを好きなの？　暫《しばら》く視線をさ迷わせたあと、恐《おそ》る恐るセオドアを見上げると、ゾッとするほど美しいパライバトルマリンの瞳《ひとみ》が、熱を孕《はら》んで私を見つめていて。

「貴女がディアーク皇太子と仲良さそうに話している姿を見るだけで、嫉妬《しっと》でどうにかなりそうだったのに……」

「セオドア……」

「誰にも渡したくないんです。エステルが僕以外の誰かと結婚するだなんて、考えただけでも心臓が張り裂《さ》けてしまいそうだ……っ」

少し掠《かす》れたどこまでも甘い声。コルが私だけに辛辣《しんらつ》なのを除けば、誰に対しても優しく温厚《おんこう》なセオドアの発言とは思えないほど、独占欲《どくせんよく》に満ちた言葉。

「どうしたら……この思いを貴女に信じていただけますか？」

私がセオドアの好意を信じられないのは私を嫌うコルの姿が見えているから。そしてそれが絶対だと信じてきたから。セオドアが本当に私を好きだというのなら、彼のコルだけが何かしら異常だということになるから。

そんな都合の良いことがあるのだろうか。

「……では、私に確信をください」

でもここまで言ってくれているのだから……と、ひとつ思いついたことがあり、意を決してそれを試《ため》してみることにした。彼のコルが異常なのか、判断する簡単な方法を。

「何か小さなものを持っていますか？」

「コインで良ければありますが……」

「ではそれをどちらかの手にいれてください。私があてます。五回中一度でも私をあざむけたら、信じますよ」

「そんなことでいいんですか？」

「……たぶん」

曖昧《あいまい》な返事にセオドアはくすりと笑い、それから真剣《しんけん》な表情になってコインを握《にぎ》ったあと、両手をずいと差し出してきた。勿論《もちろん》今の動きを見ただけではあまりに速すぎて、どちらの手に入れたのか全く分からない。けれど。

『とりあえず最初は、右手で』

「……こっち」

祈《いの》るような気持ちでコルが呟《つぶや》いたとおりに指差せば――――。

ゆっくりとひらかれた右手に、コインはあった。

「当たり、ですね」

……もしかしたらなんらかの理由でコルのやることなすこと全て逆なのかと考えたのだが、違《ちが》ったようだ。それもそうか。全部逆なら、私以外には分け隔《へだ》てなく優しく穏《おだ》やかな彼のコルも逆ということになって、私以外皆《みんな》疎《うと》んでいることになるのだから。

『どうして分かるんだ……？』

「こっち」

『握り方でバレているのかな。どっちにも入れないとどうだろう』

「……どちらにも入れていませんね」

そして結局、五回とも私が外すことは無かった。

なんてことはない、コルは正常だったのだ。つまるところ、やはりセオドアは私が嫌いなのだ。彼の演技を真に受けて少しでも期待してしまった自分が恥《は》ずかしい。

「……私のかち、ですね」

そのまま倒《たお》れ込むように寝転《ねころ》ぶ。なんだか泣きそうで、悟《さと》られたくなくて。もう帰ってください、その方が貴方《あなた》にとっても良いでしょう。そう言おうとして……やめた。

「エステ、ル……っ」

私の名を呼ぶその声が、泣きそうというよりも――。

「せ、セオドア？　泣いて……」

宝石のような瞳から、これまた水晶《すいしょう》のような涙《なみだ》が瞬《まばた》きの度《たび》にポロポロと零《こぼ》れ落ちている。伏《ふ》せられた白金の睫毛《まつげ》が濡《ぬ》れていて、美形は泣いている姿さえ美しいのだと場違いな感想が浮《う》かんだ。

「……っ、折角《せっかく》、エステルに……信じてもらえる、チャンスだったのに……」

本当に悔《くや》しそうだ。相変わらず彼のコルはすぐにでも部屋を出て行きたがっている……が。

やっぱり変なのかもしれない。演技で泣くにしたって、悲しいことを思い浮かべたりする必要があるだろう。なのにこんな、早く出て行きたいなぁなんて思いながらボロボロと泣けるものだろうか。泣くほど帰りたいというのなら、コルだって泣いていなければおかしい。

「セオドア……」

もしかして、本当に――そんな疑念から彼の頬《ほお》に手を伸《の》ばした、丁度その時。

コンコンと寝室の扉《とびら》を叩《たた》く音がして。ピタリと手を止め、咄嗟《とっさ》に身体《からだ》を起こそうとするも、力が入らずうまく起き上がれない。そんな私を見て、慌《あわ》てて涙を拭《ぬぐ》ったセオドアが柔《やわ》らかく微笑《ほほえ》んだ。

「まだお辛《つら》いでしょう。僕が出ますからエステルは休んでいてください」

「すみません……お願いします」

ある程度まともに会話を交《か》わせたのだから、私があえて治癒魔法《ちゆまほう》をかけていないことなど分かっているだろう。それでもセオドアはそのことに触《ふ》れないでくれている。彼の優《やさ》しさに甘えてばかりだ。

罪悪感に苛《さいな》まれながらも浮かんだ疑念の答えが分からず、自分がどうするべきか悩《なや》んでいると。

少しして何故だか難しい顔をしたセオドアが戻《もど》って来た。

「……第三皇女が訪ねてきているそうです」

「えっ」

こんな時間に何の用なのか。……いや、考えるまでもない。恐らくあの酒入りのチョコレートはドロテーア皇女の指示で、目的はセオドアなのだろう。そして私を行動不能にしようとした理由を考えれば、今ここで彼を行かせる訳にはいかない。自分に治癒魔法をかけて、私が対応しなければ——そう思ったのだが。

『第三皇女のおかげで、退席する理由ができて良かったな』

その安心したようなコルの声に、意思が揺《ゆ》らぐ。このまま引き留《と》めて良いものかと迷ってしまう。彼のコルが異常であるという考えは、私の妄想《もうそう》でしかない可能性が高い。

そうして言葉を失った私を安心させるように、セオドアは私の手を握った。

「お引き取りくださるようお願いしてきますね。アカルディの侍女《じじょ》も騎士《きし》も控《ひか》えておりますし、決して二人きりにはなりません」

「……そうですね。でも、気をつけて」

理由は違えど、コルも彼自身も部屋を出て行こうとする意思が一致《いっち》しているのであれば、他《ほか》に人もいるというし、彼に任せることにした。ひとまず既成《きせい》事実を作られることさえ阻《そ》止《し》できれば良いのだから。

——しかし、その考えが浅はかであった。

暫くして戻って来たのは、セオドアだけではなくて。

「失礼するわね、エステリーゼさん」

「……何の用でしょうか」

まるで仲の良さをアピールするかのようにセオドアの腕《うで》に自分のそれを絡《から》ませ、機嫌《きげん》良さそうに入室してきたのはドロテーア皇女だった。

『ベール女がお酒に弱いって噂《うわさ》は聞いていたけど、まさかここまでとはねぇ。おかげで大事になってしまったわ。セオドアは予定の部屋にいないし。酔《よ》って寝ている間に事を済ませてしまいたかったのだけれど』

「そんなに恐ろしい声を出さないで頂戴《ちょうだい》。用が済めばすぐに帰るわ」

やはりチョコレートは彼女の仕業《しわざ》だったらしい。予想以上に強引《ごういん》な手段に出たドロテーア皇女は、夜にアポイントメントも無しに訪ねてきた上、他人の婚約者《こんやく》に密着して、更《さら》にとんでもないことを言い出す。

「貴女《あなた》の滞在《たいざい》中、セオドアを私に貸してほしいの」

「貸してほしい、とは？　セオドアはものではありませんので分かりかねます」

「私のパートナーにするってことよ」

あまりの提案に絶句する。皇帝《こうてい》陛下のコルより、誕生祭のパートナーとしてセオドア殿《どの》を連れてこられたら婚約を認めてほしいと宣言した、とは聞いていたが、こうも堂々と直接頼《たの》まれるとは思っていなかった。

「他国の王女の婚約者を、パートナーにすると？」

「ええ！　セオドアの承諾《しょうだく》は取れているから、あとは貴女が頷《うなず》けばいいだけよ」

『既成事実は無理だったけど、揃《そろ》いの衣装《いしょう》を着て誕生祭に出れば誰《だれ》もがセオドアは私のものだと思うでしょう』

承諾したのかと、驚《おどろ》いただけで責めるつもりはなかったのだけれど。セオドアの方へ顔を向けると、彼は身体を強張《こわば》らせ目を伏せた。

「エステル、……申し訳ありませんが、僕は……」

言葉に詰《つ》まったセオドアに、ドロテーア皇女が意味ありげな視線を送る。

『セオドア……分かっているわよね？　余計なことを言えばこの女に罪を着せること。……ま、言わなくてもどのみち着せるけど。ふふ』

『第三皇女は脅《おど》しのつもりだったのだろうが、僕としても王女のパートナーは苦痛だし渡《わた》りに船だったな』

状況《じょうきょう》を理解して、長いため息をついた。ドロテーア皇女が彼を脅したことは間違いなくて、それがどうも私に何かしらの濡れ衣《ぎぬ》を着せることらしい。

さてどうするべきか……。

一旦《いったん》は許可をした方が良いだろうか。駄目《だめ》だと断って、強硬《きょうこう》手段に出られても困る。濡れ衣とやらがどんなものかもまだ分かっていないし、その為《ため》の用意が既《すで》にされているであろう以上、もっと情報を集めた方が良いだろう。既成事実を作るほどのことさえされなければ、最悪セオドアがドロテーア皇女のパートナーとして誕生祭に出席したとしても、皇帝陛下が婚約の許可をしないはずだ。

そう考えて、覚悟《かくご》を決めるというよりは諦《あきら》めたような心持ちで了承《りょうしょう》することにした。

「分かりました。……話はそれで終《しま》いですか？　私はもう休みますので、早く行ってください」

「はぁい」

『こうもあっさり許可するなんて。やっぱりこの女、セオドアのことは好きでもなんでもないみたいね。好都合だけどむかつくわ』

いいえ、大好きですが。……と言い返したい気持ちはやまやまだが、セオドアに対する私の態度を見ればそう思うのは当然である。いずれ婚約を解消する為ずっと冷たくしてきたのだ。だからそれに関してドロテーア皇女を責める権利はない。

彼女のように、好きな人に好きだと言えないことが途端《とたん》に情けなく感じられて、シーツをギュッと握《にぎ》る。

「じゃあね、セオドア。明日は衣装の手直しをするから待っていなさい。迎《むか》えに行くわ」

『見てなさい。貴女なんかよりも、私の方がセオドアを幸せにできる。だから絶対に手に入れてやるわ』

ドロテーア皇女のコルが私をキッと睨《にら》みつけながら放ったその言葉は、私の心に深く突《つ》き刺《さ》さった。

彼女は確かにディアークからあのバカと評され、皇帝陛下に何かしでかさないかと案じられる破天荒《はてんこう》な性格はマイナスだが、それ以外はというと。

ヴェルデ一の美人と評される優《すぐ》れた容姿。地位もあり、彼女がいればヴェルデ全土で水不足に悩むことは無いと言われるほどの水魔法の使い手で、アカデミーでも首席なのだという。その上ヴェルデ語が大陸共通語としてアカルディでも問題なく通用するのに、セオドアとの円滑《えんかつ》な会話の為に態々《わざわざ》アカルディ語を習得している。

セオドアほどの人材を他国にやることはできないが、ドロテーア皇女は彼の為なら二つ返事でアカルディに嫁《とつ》いで来てくれるだろう。次期女王として彼より優先することの多い私と違《ちが》って、セオドアだけを愛し、大切にし、尽《つ》くしてくれるだろう。それは、彼女のコルを見ていれば分かる。私よりもドロテーア皇女の方がセオドアを幸せにできるというのは、妄言《もうげん》だと言い切れない。

……それなのに私がセオドアの相手としてドロテーア皇女を拒絶《きょぜつ》したいと思うのは、彼やアカルディの為か、それともエゴなのか。自分で自分の気持ちが分からなくなって、彼女が部屋を去ったあとも暫《しばら》く扉《とびら》から視線を離《はな》せずにいると。

「エステル……弁明させていただけませんか……？」

ベッドの傍《かたわ》らに両膝《りょうひざ》をつき、セオドアがそう声をかけてくる。

けれど当然口止めをされているだろうし、彼女の間者がどこかに潜《ひそ》んでいるかもしれない。脅されていることはもう分かっているのだから、態々彼の身を危険に晒《さら》してまで話してもらう必要はないだろう。

「……結構です」

「────わかりました」

耐《た》えるような、声だった。おやすみなさいとぎこちない笑《え》みを浮《う》かべ、彼も部屋を出て行く。

今、彼は傷ついているのだろうか。それともホッとしているのだろうか。切実な声で愛していると言ってくれた彼の言葉を信じたいのに、確信しきれなくて歯痒《はがゆ》い。

……ああ、やっぱり彼を連れて来なければ良かった。

翌朝。セオドアは朝から突撃《とつげき》してきたドロテーア皇女によって半ば無理矢理何処《やりどこ》かへ連れて行かれた。侍女《じじょ》の一人を付き添《そ》わせたので、滅多《めった》なことはないと思うが……。

それを見送った私は昨晩の出来事をディアークに相談すべく、待ち合わせ場所へと向かっていた。その途中《とちゅう》、思わぬ人物にバッタリ遭遇《そうぐう》する。

「おや、そのベール……そなたは確か……」

「皇弟殿下におかれましてはご機嫌麗《うるわ》しく……」

向かいからやってきたのは狸爺《たぬきじじい》こと皇弟クローヴィスだった。皇弟には色々と思うところはあれど、一応礼儀《れいぎ》として丁寧《ていねい》に挨拶《あいさつ》をしておけば、彼はニヤリと笑った。

「久しいな、アカルディの王女よ。暇《ひま》なのだろう？　折角《せっかく》だからこの爺の話し相手をしてくれ」

「……この上なく勿体《もったい》ないお誘《さそ》いですが——」

「では参ろうか」

断る隙《すき》も与《あた》えてくれない、この有無《うむ》を言わせぬ横暴さ。人のできた皇帝陛下と兄弟とは、血の繋《つな》がりはあれども似ているのは見かけだけか、などと思った——その時。

『アカルディの王族なんぞ全く以《もっ》て気に入らんが、この小娘《こむすめ》とドロテーアには戦争の火種になってもらわねば』

「——！」

前後が不明な為ハッキリとは分からないが、聞こえてきたコルの声の不穏《ふおん》なワードから察するに、どうもこの狸爺はまたよからぬことを企《たくら》んでいそうだ。誠《まこと》に遺憾《いかん》ながら、話し相手という立場に甘んじ情報を集めた方が良いだろう。ディアークを待たせてしまうことを心から申し訳なく思いながらも、皇弟に続いて歩き出す。

「気の利《き》いた話もできませんが、私でよければ」

「良い。兄上もディアークも、随分《ずいぶん》とそなたを気に入っているようだからな。興味があったのだ」

『ふん、兄上は気に入っているようだが、この聖女の末裔《まつえい》だとかいう変な力を持った連中は根絶やしにせねばならぬ。現にアカルディに近いエントリヒ領ではこやつらを崇拝《すうはい》しているというではないか』

「……身に余る光栄に存じます」

セオドアで振れ幅《ふはば》の大きい本人とコルのギャップに慣れているから良いが、この皇弟も大概《たいがい》である。しかし根絶やしという言葉から推測するに、私を殺すつもり……だろうか？イマイチ確信的なことを話してはくれない。小娘とドロテーアと言っていたから、恐《おそ》らく彼女は絡《から》んでいるはずなのだけれど。

「そなたはドロテーアが招待したのだろう。あの子は少し我儘《わがまま》なところがあるからな。そなたに迷惑《めいわく》をかけていないだろうか」

何が聞きたいのか、質問の意図が分からないながらも揚《あ》げ足をとられぬよう無難に返す。

「そんなことはありません。第三皇女殿下《でんか》には良くしていただいております」

「ふむ、そうか。仲が良いようで何よりだ」

――と。

『ドロテーアには死んでもらう予定だがな。それもお前が暗殺の首謀者《しゅぼうしゃ》として』

そう言って皇弟のコルが下劣《げれつ》な笑みを浮かべた。背筋がゾッとするほどの嫌悪感《けんおかん》を口元に出してしまわないように堪《こら》える。

「だがドロテーアはそなたの婚約者《こんやく》に横恋慕《よこれんぼ》しているだろう。すまないな」

『王女に暗殺未遂《みすい》を起こさせ失脚《しっきゃく》させればあの若造を奪《うば》えるだろうと、ドロテーアにアドバイスしてやったが……未遂では開戦の理由としては弱い。婚約者を奪われそうになったこの王女が恨《うら》みから、グローセ・ベーアに依頼《いらい》して皇女を殺害。信頼《しんらい》を裏切られ大事な娘を殺された皇帝《こうてい》はアカルディィに宣戦布告——筋書きとしてはこの方が良い。ドロテーアを先に殺しておいた方が楽だが、嫉妬《しっと》で人を殺せる悪魔《あくま》なのだと広く知らしめる為にはやはり誕生祭の場まで待つ方が良かろうな』

「……いえ、構いませんよ」

下手なことを言えばその嫉妬という動機に繋げられてしまいそうなので、あくまでも友好的な回答をする。ドロテーア皇女と皇弟がグル……と見せかけて、彼女は良《い》いように使われているだけのようだ。

グローセ・ベーアとは七人からなる暗殺者のグループである。どれだけの騎士《きし》や魔法士で囲み守ろうとも確実に依頼を完遂することから、ヴェルデの貴族間では「人から怨《うら》みを買うべきではない。何故《なぜ》ならグローセ・ベーアは貴方《あなた》を必ず殺すから」とさえ言われているらしい。その分法外な依頼料に加え、依頼の際は代理人を許さず、殺しを求める張本人が直接依頼をしに行かなければ受けないのだそうだ。一体どうやって私に直接依頼をさせるつもりなのか。

皇弟がドロテーア皇女にこの計画を持ち掛《か》けている以上、城下町を案内するという話にも何かありそうだと踏《ふ》み、話を振ってみる。

「寧《むし》ろ第三皇女殿下には明日城下町をご案内いただけるそうで……有り難《がた》い限りです」

「ほお。そなたは懐《ふところ》が広いのだな」

『ふむ……あまり執着《しゅうちゃく》の強い娘ではないのか？　これはドロテーアの頑張《がんば》り次第《しだい》だな』

……この皇弟、私とセオドアはアカルディのしきたりに則《のっと》った政略的な婚約関係であるのに、私がセオドアを本当に好きであることを確信しているのが鬱陶《うっとう》しい。

「そうだ。おい、ベラ」

私の心の内などつゆ知らず、皇弟はふいに連れ歩いていた侍女たちを振り返り、そのうちの一人を呼び出した。

「これは城下の出身でな、連れていくと良い。役に立つだろう」

私と同じクラレットの髪《かみ》をひっつめたベラという名のその女性は、人当たりの良い笑みを浮かべて深くお辞儀《じぎ》をした。

「ええ、皇弟殿下《でんか》とベラさんさえ宜《よろ》しければ、是非《ぜひ》」

「勿論《もちろん》でございます」

『この方が、私が誕生祭で成りすます人なのね……』

そろそろ情報過多で頭がこんがらがりそうだ。思考放棄《ほうき》したくなるのをぐっと堪えれば、続いた皇弟のコルの満足そうな呟《つぶや》きに、漸《ようや》く大体の全貌《ぜんぼう》を把握《はあく》する。

『やはり見立て通り体付きも髪の色も似ているな。口元も大差ないからベールで隠《かく》せば分からんだろう。……王女をグローセ・ベーアと接触《せっしょく》させるのも、ドロテーアでなくベラに任せるか』

まとめると、セオドアを手に入れる為《ため》だとドロテーア皇女を唆《そそのか》して、私の怨みを買わせ動機を作り、グローセ・ベーアと私を接触させ証拠《しょうこ》を捏造《ねつぞう》し、誕生祭でこのベラという女性に私のフリをさせて罪を認める姿を見せる……という算段なのだろう。

単純だが上手《うま》く回避《かいひ》するのは面倒《めんどう》だ。それにただやり過ごすだけでなく、できることならそろそろこの皇弟にはご退場願いたい。そう考えるとやはり私一人の手に負える範疇《はんちゅう》ではないので、少なくともディアークに協力してもらわねばならないだろう。

「……では、そろそろ私は下がらせていただき――」

「まぁそう急ぐでない。近頃《ちかごろ》のアカルディの話でも聞かせてはくれぬか」

必要な話は済んだので一刻も早く退散しようとするが、また引き止められる。興味なんか無いくせに、何を話せというのか。

いかにして穏便《おんびん》にこの場を去るかを考えていた時、ふいに後方から駆《か》ける音が近づいてきた。

「エステリーゼ！」

「……ディアーク！」

振り返るとそこにいたのは額に薄《うっす》らと汗《あせ》を滲《にじ》ませたディアークで、私はホッとして彼に駆け寄る。私と皇弟という組み合わせだけで何かしらを察したのだろう。安心しろと言うように目くばせをして来た。

「叔父上《おじうえ》、エステリーゼと約束していたのは私です。用事が済んだのであればそろそろ渡《わた》していただきたい」

「なに、友好を深めたいだけだ。今日くらい吾輩《わがはい》に譲《ゆず》ってくれても良いのではないか？」

「友好を深めたいから、昨晩エステリーゼに酒入りのチョコレートを贈《おく》ったのですか？」

私を庇《かば》うように立ったディアークが、そう嘲笑《あざわら》うように言った。チョコレートの件はドロテーア皇女の仕業《しわざ》だと思っていたけれど、そもそもの計画が皇弟の入れ知恵《ちえ》であれば彼も無関係ではなさそうだ。勿論皇弟のことだから、足がつくようなへまはしていないのだろうが。

『こ奴《やつ》め……証拠もないくせに随分と確信したように言うものだ』

「そう怖《こわ》い顔をするな。吾輩は何もしていない。が……何、酒くらい時間が経《た》てば抜《ぬ》けるのだから良いではないか」

「エステリーゼにとっては、酒も毒のようなものです」

「……ふん、随分と仲の良いことだな。邪魔者《じゃまもの》のようだから年寄りは退散するか」

流石《さすが》にそれ以上粘《ねば》るのを諦《あきら》めたらしい皇弟は、そう言うとすぐに歩き去っていった。その背を眺《なが》めながらやっと肩《かた》の力が抜けると長いため息をつく。

「大丈夫《だいじょうぶ》か？」

「ええ。……でも話したいことが沢山《たくさん》あるわ。何から言えばいいか」

「俺も、お前に何から謝ればいいのか分かんねえよ」

一旦《いったん》場所を変えようと苦笑《くしょう》したディアークの提案に乗って、元々待ち合わせしていた応接室へと移動した。


応接室に辿《たど》り着きローテーブル越《ご》しに向き合ってソファに座れば、ディアークの侍女《じじょ》が紅茶を入れてくれる。皇弟とのやり取りが自分で思う以上に緊張《きんちょう》していたのか、カラカラだった喉《のど》に染《し》みわたるようだった。

室内にいるのはディアークや私の関係者のみとはいえ、他《ほか》の人に口の動きを見られないよう扇《おうぎ》を開いて隠し、少し身を乗り出すように座りなおして彼だけに聞こえる程度の小声で話す。

「公《おおやけ》にはしてないんだけど、実は私、予知魔法が使えるの」

……というのは嘘《うそ》だが、もし心を読めることがバレそうな時や、協力を得る為に説明が必要な時には予知だと言う手筈《てはず》になっているのだ。

「へえ、お前転移といい治癒《ちゆ》といい結構便利な魔法ばっかり持ってるよな」

「それは分からないけれど、まぁ信じてもらえたならそれでいいわ。で、ここからが本題」

「俺に予知能力はないが、嫌《いや》な予感しかしねえ」

表情を引き攣《つ》らせるディアークに、追い打ちをかけるように事情を話す。ドロテーア皇女がセオドアを脅《おど》したこと。誕生祭の時にドロテーア皇女がグローセ・ベーアによって殺害され、偽者《にせもの》の私が依頼人は自分だと自供し、皇弟が開戦を煽《あお》る様子を予知で見たこと。

終始口を挟《はさ》まず聞いていた彼だったが、最終的には項垂《うなだ》れるように顔を覆《おお》った。

「あのバカが一人で暴走してるだけかと思っていたが……叔父上も諦めが悪い」

『アカルディがあんな変わった制度の独立した国だからこそ、魔物の侵攻《しんこう》を防げているのだと何故理解してくれないのか。大体エステリーゼを簡単に捕《つか》まえられると思ってる時点で馬鹿《ばか》だな。……いや、ヒンダーン石の部屋でも聖女の能力を使えることを知らないのか？』

ヒンダーン石というのが四属性魔法を使用不可にするものである。ベラが私に成りすますということは、私をどこかに監禁《かんきん》する計画であろうことは分かっていたが、転移魔法の使える私をどうやって監禁するのか疑問だった。……そうか。ヒンダーン石の部屋に閉じ込めるつもりだったのかもしれない。

「それでさっき、城下に行く時にベラって名前の侍女を付けるという話になったの。恐《おそ》らくそこでグローセ・ベーアとの接触があるんじゃないかと思うのだけど」

「なるほどな。まぁセオドア卿《きょう》さえ許してくれれば、俺が証人になれるようずっと傍《そば》にいることはできるが……許してくれると思えねえ」

「いえ、セオドアにはドロテーア皇女のパートナーとして参加して、彼女を守ってもらった方がいいと判断したから話すつもりはないの。だから今は喧嘩《けんか》中といった感じかしらね」

皇弟が開戦の為にドロテーア皇女を殺すつもりならば、何としてでも彼女を守らなければならない。セオドアならきっと、グローセ・ベーア相手でも彼女を守りきれるだろう。

だが危ない目に遭《あ》うかもしれない私を置いて、ドロテーア皇女の傍にいて彼女を守るようにと命じて、首を縦に振《ふ》ってくれる未来が見えない。コルが正常であれ異常であれ、彼は私の護衛という任務に忠実なのだから、脅されて仕方なく……という状況《じょうきょう》が必要だ。だから、彼には知らないままでいてもらわなければ。私のパートナーは、一護衛として来ているロランドに頼《たの》めば良い。

……本当は彼女にパートナーの座を譲りたくはないけれど。でもそうしたいのはエステルとしての私の願いで、次期女王エステリーゼ・アレッサ・アカルディとしては考えうる限りの最善を選ばなければならない。魔物《まもの》の侵攻を食い止めることに忙《いそが》しいアカルディには、帝国《ていこく》と争う余裕《よゆう》などないのだから。戦争の火種を消し去るのは私の役目だ。

「おいおい。……とはいえ、叔父上に怪《あや》しまれないようにドロテーアの護衛を増やすのは難しいな。今回の計画を阻止《そし》するだけなら気づかれてもいいが、また同じことを繰《く》り返すだけだろう」

全くの同感であると深く頷《うなず》いた。いくら皇女とはいえ自国かつ自分が主役の誕生祭で何人も護衛をつけるなど、来賓《らいひん》を信用していないと言っているようなものだし、何か起こると宣言するに等しい。それを怪しまれずに行うなどほぼ不可能だ。そしてあの狸爺《たぬきじじい》は、かなりしつこい。今回失敗したとしても、次の用意があるだろう。

「私もそう思うわ。だからそろそろ決定的な証拠《しょうこ》を掴《つか》んで終わらせたいの」

「俺としてもそろそろ隠居《いんきょ》してほしいと思ってるよ。確かにセオドア卿なら余程のことが無い限り一人でもドロテーアを守りきれるだろう。……だが、なぁ。お前はそれでいいのか？」

ふいに彼の金色の瞳《ひとみ》が私を見つめる。読心魔法などなくとも嘘が直《す》ぐに見抜かれてしまいそうな、真っ直ぐな目だ。

「貴方《あなた》なら分かるでしょう。私のことはどうだっていいのよ」

「馬鹿だなお前。友人が困ってるのにどうだっていい訳あるか」

そう言われて言葉に詰まる。ディアークは私の守るべき国民ではないし、仕えるべき王でもない。……だから。

「そう……ね、うん。良くはないわ」

小さな弱音が零《こぼ》れて落ちた。次期女王にあるまじき、貧弱な音。けれどディアークはそれを咎《とが》めない。

「でも私は、私を守ってくれる人たちのことを守る責務があるから。……だから、本当は少しだけ嫌だってこと、貴方が知っていてくれるだけでも救われるから、大丈夫」

「そうか――お前は偉《えら》いよ」

その一言に、私は小さく洟《はな》を啜《すす》った。

第四章　王女の責務

ヴェルデに到着《とうちゃく》してから三日目の朝、ついに城下町散策の時間がやってきてしまった。起きた時には既《すで》にセオドアは居《お》らず、そんなことは確認《かくにん》する前から分かり切っていたが、それでもこっそり肩を落としつつ支度《したく》をした。

フェイスベールを着ける為どうやったって目立ってしまうのだが、それでもなるべく人目を引かないよう控《ひか》えめな格好《かっこう》にする。ヴェルデの伝統文様が襟《えり》周りや袖口《そでぐち》を縁取《ふちど》るホワイトリリーのミモレ丈《たけ》のワンピースに、編み上げブーツ。通常は黒地に金の装飾《そうしょく》のベールだが、一般《いっぱん》市民に威圧感《いあつかん》を与《あた》えないようベビーブルーのベールにして、アクセサリーもシンプルなものにした。

そうして憂鬱《ゆううつ》ながらも準備を終えて部屋を出れば、そこで待っていたのはセオドア——ではなく、ディアークで。それは予想に難《かた》くなかったのだが、別のことに驚《おどろ》く。

「よぉ。あの二人は先に馬車に向かったみたいだぜ」

「そう。……で、なんでちょっと色味を合わせて来てるのよ」

「お前がそのベールを着けてくるのは分かっていたからな」

「そういうことじゃなくて」

彼は私のフェイスベールと同じベビーブルーの髪紐《かみひも》でその長く艶《つや》やかな黒髪を結《ゆ》い、グレーのシャツにホワイトリリーのベストとスラックスという、見方によっては私とペアルックのような格好だった。

愛する婚約者《こんやく》がいるくせに何をやっているのか……とジトッとした目でそんな姿のディアークを見れば、彼は内緒話《ないしょばなし》でもするかのように顔を寄せてくる。

「これは昔からそうなんだが……俺とお前が仲良くしているとな、セオドア卿がずっと嫉《しっ》妬《と》心ダダ漏《も》れの目で見てくるんだ」

ディアークといるとセオドアがじっと見てくる、というのには流石《さすが》に私も気づいていた。けれど私にとってそれは常に『いい雰囲気《ふんいき》だな、そのまま二人が結ばれれば僕は解放されるのに』というコルの声がセットであったから、嫉妬から来るものだとは考えもしなかったのだ。

「そんなセオドア卿をずっと見せられれば、ドロテーアは確実にイライラするだろう。焦《あせ》ってやらかすかもしれないし、やらかさなくても、こんな面倒《めんどう》事起こしといてアイツだけ楽しい思いさせる訳にはいかないからな」

「まぁ、妹に対して手厳しいわね」

「両親には悪いが、俺にとってはお前の方が余程妹みたいに思っているよ」

それは全くコルの言葉と同じで、素直《すなお》に嬉《うれ》しく思う。私にとっても彼はほっとけない弟のような存在だった。お互《たが》い自分が上だと思っているあたり、やはり似たもの同士である。

「そういう訳だからさ、今日は一段と仲良くしようぜ」

「分かったわ」

ここからは聞かれても構わないとばかりに一歩距離《きょり》を空けて、不敵な笑《え》みを浮《う》かべたディアークに微笑《ほほえ》んで了承《りょうしょう》する。ディアークが目を離《はな》した隙《すき》にグローセ・ベーアと接触《せっしょく》したのではと言われない為《ため》にも、元々一瞬《いっしゅん》たりとも彼の傍《そば》を離れるつもりはない。ただ、ドロテーア皇女を煽《あお》ることで何かセオドアに飛び火しなければ良いが……。脅《おど》しはしても、彼女に想《おも》い人を物理的に傷つけるような加虐趣味《かぎやくしゅみ》はないと信じたい。

そんなことを考えながらも馬車のある所に辿《たど》り着く。馬車、と言っても昔馬を使っていた名残《なごり》でそう呼び続けているだけで、今は馬はおらず、運転手の魔法——どの属性でも良いのだそう——を回転運動へと変換《へんかん》して動いている。

今回用意してあった馬車は目的が城下町の散策の為、装飾も少なく比較的《ひかくてき》シンプルだが、それでも皇族専用だけあって華美《かび》でないのに素材や細かなデザインから豪華《ごうか》さを感じる。

「……あら、お兄様まで来たの？」

「来ちゃ悪いかよ」

「いえ、でもお忙しいかと思って」

『お兄様が来るなんて聞いてないわ！　邪魔《じゃま》されなければいいけれど……』

ドロテーア皇女とセオドアも、十中八九ペアルックだろうな、なんて思っていたのに意外や意外。

ドロテーア皇女は宝石がふんだんにあしらわれたエメラルドグリーンの豪華なワンピースを身にまとい、髪に手にと宝飾品で華《はな》やかに飾《かざ》り立てている。それに対してセオドアは他《ほか》のアカルディの護衛と同じシンプルな軍服姿だった。

『ずっとセオドアのこと、私だけの騎士《きし》にしたいと思っていたのよね。想像通り麗《うるわ》しくて素敵《すてき》だわぁ。本当はヴェルデの騎士服を着ていただきたかったけれど……それは婚約してからのお楽しみね』

うっとりと頬《ほお》に手をあて浮かれた様子の彼女のコルが語ったその理由に、ピシリと固まる。

いついかなる場合でも、コルに対してアクションを起こすべきではない。……にもかかわらず、心の内に留《とど》められなかったモヤモヤから、せっかくのワンピースをシワが付くくらい握《にぎ》りしめてしまう。

口元にもそれが出てしまったのだろう、ディアークに横から小突《こづ》かれた。

「怖《こわ》い顔してるぞ」

「……ごめんなさい、気をつけるわ」

　これまでもドロテーア皇女が我が物顔でセオドアに絡《から》んでくることはあった。けれどセオドアのコルが私よりも彼女の方がまだ良いと言っていたから、それを強く咎めたことはない。結局いつもセオドアがなんとか不敬にあたらないように気をつけながら、振《ふ》りほどいて逃《のが》れていた。

　ただ、ドロテーア皇女に脅されている今はされるがままになる訳で……なんて、私に嫉妬する権利など無いのに何を考えているのか。そう自らに呆《あき》れながらセオドアをちらりと見れば、彼は彼で何かを堪《こら》えるように手をグッと握りしめ、その形の良い眉《まゆ》を寄せてこちらを見つめていた。

「もう出発するわよ！」

　ドロテーア皇女が急《せ》かすようにそう言ってセオドアの手を借りて馬車に乗り込む。ディアークの予想通り、彼女は嫉妬心を隠《かく》そうともしないセオドアを見て苛立ったようだ。

　……セオドアには悪いが、ちょっとだけ胸のつかえがとれたような思いがした。

「って、何をしているの⁉　お兄様たちは後ろの馬車に乗ってくださいませんこと⁉　狭《せま》いわ！」

「狭いのはお前の服がゴテゴテしてるからだろ。これは元々四人乗りだ」

　なんてやり取りをしつつも結局一つの馬車に四人で乗り込み、最初の目的地であるブリッツェン通りに向かう。ブリッツェン通りは高級店が建ち並ぶまさに貴族向けの商業地区だが、皇女ともなれば買いたいものがあれば呼びつければ良いので、普段態々《ふだんわざわざ》店に出向くことも無いだろう。それなのに何処《どこ》を案内するつもりなのか……と不思議に思っていたが、この様子ではグローセ・ベーアと接触させるのはついでで、単純にデート気分を味わいたいだけのようだ。

一方的に話しかけるドロテーア皇女に「はい」とか「そうですか」とか、義務的な短い返事をするセオドア。彼は本来紳士《しんし》的で親しみやすく、誰《だれ》に対しても優《やさ》しい。アンジェリカが好きなのだという「冷たく無口で無表情の男が自分にだけ優しく笑顔を見せてくれる」タイプではない。だからこんな風に適当にあしらうような対応をする彼は珍《めずら》しくて、新鮮《しんせん》ですらある。博愛――私を除く――の心を持っているセオドアでも、ドロテーア皇女に対して苦手意識があるのだろうか。

セオドアの本意が不明な以上、私と彼女のどちらがセオドアを幸せにできるのかは分からない。けれど、少なくとも私よりも彼女の方がセオドアを大切にできるだろうな、とは思う。今だって脅されているのを知っていながら、あえて助けないし話を聞いてやることさえしないのだから。でもそれが最善だと思っている。そんな私が、二人の邪魔をしていいものだろうか。

……けれど、どうしても。二人を祝福できそうにないのだ。

と、彼らを複雑な気持ちで見ながら、私とディアークはどんな店があって何を見たいかなど無難な会話を交《か》わした。

目的地に到着《とうちゃく》すると、セオドアの手を借りてドロテーア皇女が馬車を降りる。セオドアはそのまま彼女をエスコートするのか、と思いきや一旦《いったん》その手を離して私にも手を差し出してきた。

事情がどうあれ最後にまともな会話をしたのは、弁明させてほしいと懇願《こんがん》した彼に必要ないとバッサリ拒絶《きょぜつ》した時だから、その手を取るか一瞬迷って。

「……貴方《あなた》は第三皇女殿下《でんか》のお相手をつとめるのでしょう。私のことはいいですから」

意識して冷淡《れいたん》な声でそう答え、自分で降りる。このまま和解せず、彼にはドロテーア皇女のパートナーでいてもらうしかない。行き場を失った彼の手がおろされ息をのむ音が聞こえた。

「出過ぎた真似《まね》を、失礼しました」

彼がどんな顔をしているのか見るのが嫌《いや》で、そのまま早足で横を通り過ぎる。傷つけているのは私なのに、傷つくなんて筋違《すじちが》いにもほどがあるというのに。

「大丈夫《だいじょうぶ》か？　無理するな。なんだったら今すぐ帰ってもいい。それでも問題ないだろう」

「確かに……そうね」

心配そうな顔をしたディアークがすぐ傍《そば》に来てそう提案してくれる。予定を急にキャンセルすれば外聞が悪いが、一応これで実績はできたので彼の言う通り帰っても問題は無いだろう。それどころか、変な言いがかりをつける隙を無くすことができる。

到着したばかりでなんだが、もう体調不良を理由に帰ってしまおうか――そう思った時。

「僭越《せんえつ》ながら王女殿下、私が案内役を務めさせていただきます」

「あ……ベラさん、だったわね」

「皇弟殿下より言いつけられておりますので、どうかお供させてくださいませ」

周囲には聞こえない声量、かつ念の為アカルディ語で喋《しゃべ》っていたのだが、皇弟の侍女《じじょ》であるベラが引き止めるように声をかけてきた。流石《さすが》に私に扮《ふん》する役目を負っているだけあり、アカルディ語も嗜《たしな》んでいるらしい。

彼女の出自は知らないが、本来なら身分が下の者から声をかけるのは無礼にあたる行為《こうい》である。なりふり構っていられない、ということだろう。

『帰られては困るわ。失敗したらどんな仕置きが待っているか……いいえ、私が鞭《むち》打たれるくらいならいい。でも人質《ひとじち》に取られている母に何かあったら……』

そう言って肩《かた》を抱《だ》き、震《ふる》えるベラのコルを見ては、帰るつもりだったなどと到底《とうてい》言い出せそうもなかった。とはいえ素直に誘導《ゆうどう》される訳にもいかない。判断に困って返事をせずにいると、焦《あせ》ったのかベラのコルが私の腕《うで》を引き留めるように摑《つか》んだ。

『グローセ・ベーアとの接触《せっしょく》は夜にでも私が変装すればいい。けれど、仕草や話し方の癖《くせ》を覚える機会は今しか……』

……参った。なんでそんな単純なことに気がつかなかったんだろう。

流石に一晩中ディアークと共にいる訳にもいかないし、だからって誕生祭までずっと何処か人目に付くところにいるというのも不可能だ。監視《かんし》を頼《たの》んでも皇弟の息のかかった者が来ては意味がないし、客室では転移魔法《まほう》が使えることが仇《あだ》となってアリバイ作りも難しい。何か違う策を考えなければ。

ベラを行動できないようにするか、あるいはどうにかして彼女を味方にできれば――。その為《ため》には、人質に取られているという母について知る必要がある。

「……是非《ぜひ》、お願いしますね」

やはり私情を優先する暇《ひま》は、ないみたいだ。

この通りでは特に行きたい所は無く、ベラの薦《すす》めで新進気鋭《きえい》で若い令嬢《れいじょう》たちに人気だというジュエリーショップに入った。何処に行きたいか問われたセオドアが「エステルが行く所」と言い切ったので、ドロテーア皇女もイライラしながら付いてきている。なおベラのコル曰《いわ》く、グローセ・ベーアとの接触の予定はブリッツェン通りではないらしい。

重厚《じゅうこう》な雰囲気《ふんいき》の高級店が建ち並ぶこの通りではあまり見ない暖かみのある内装で、一見ジュエリーショップというよりは雑貨店のようにも思える。が、並べられている宝飾品《ほうしょくひん》はデザイン・質共にどれも見事なまでの品々だった。

「どれも凄《すご》く素敵《すてき》ですね。人気だというのも納得《なっとく》できます」

「お気に召《め》したのでしたら良かったです」

特に目を引いたのは花冠《はなかんむり》のようなデザインの指輪。繊細《せんさい》で華《はな》やかで、花の中心に使われている宝石もカッティングの技術が素晴らしく、小さいのにキラキラと力強く輝《かがや》いている。そしてその隣《となり》にはペアのデザインなのだろう、月桂樹《げっけいじゅ》の冠を模した指輪が並んでいた。それらは一点物のようで、ビックリするような値段がつけてある。

「なんだ、欲しいものがあるなら買ってやろうか？　今回の迷惑料《めいわく》ってことで」

立ち止まってじっくり眺《なが》めていたからか、後ろから覗《のぞ》き込んできたディアークにそう声をかけられる。

「……って、指輪か。流石に人の婚約者《こんやく》に贈《おく》るもんじゃねえな。こっちのイヤーカフなんかどうだ？　お前、目の色大体こんなだろう」

「ペリドット？　……確かに近いかも」

彼が指し示したのはこの店にしてはかなりシンプルなイヤーカフだった。それこそ私が今着ているワンピースと同じ文様を丁寧《ていねい》に彫《ほ》った白銀の金属部分に、小ぶりな宝石が揺《ゆ》れるように付けられている。ペリドットだけでなく、同じデザインでルビーやダイヤモンド、サファイヤにトパーズ等いくつもの種類があった。

「いいわねこれ、派手じゃないし。でも自分で買うわよ。貴方は私じゃなくて……あとは言わなくても分かるわよね？」

「はいはい、ちゃんと選びますよ」

人目も多くそこまで広くない店内でなら、ディアークと少しくらい離《はな》れても難癖《なんくせ》は付けられないだろう。愛《いと》しのご令嬢に買ってあげるよう言外に匂《にお》わせれば、彼は承知したとばかりに手をひらひらと振《ふ》りながら物色に行った。ヴェルデの皇族にしか現れないという金の瞳《ひとみ》を持つ彼らは正体もバレバレで、商魂逞《しょうこんたくま》しい店員がディアークを追いかけて行く。

これまたフェイスベールのせいで正体がバレバレな私はというと、聖女の末裔《まつえい》としてよその国では良く言えば神聖視……有り体《てい》に言えば珍獣扱《ちんじゅうあつか》いをされることが多く、遠巻きに見られている。

ちらりとセオドアの姿を捜《さが》せば、ドロテーア皇女がネックレスの試着を繰《く》り返す様を何とも言えない表情で眺めていた。それでも見目麗《うるわ》しい二人が並ぶ姿はさながら童話に出てくるお姫《ひめ》様と騎士《きし》といったところで、すぐに視線をショーケースに戻《もど》す。彼の瞳に似た宝石が、やけに目についた。

買い物を終え、ディアークと店を出る。彼は無事婚約者の好みに合いそうなネックレスを見つけたらしい。コルが満足そうにそのネックレスを振り回しているが、心の内とはいえ大事にしてほしいものだ。

一方ドロテーア皇女の買い物が終わっていないのか、二人はまだ出て来ていない。ベラのことをディアークに話すなら、今か。

「ごめんなさい、ベラ。少しディアークと話があるので、あちらで待っていてもらってもいいですか？」

「……畏《かしこ》まりました」

『話……？　なんだろう。まさか、何か気づかれた？』

何かどころかほぼ全《すべ》てである。焦るコルとは反対に、にこやかに了承《りようしよう》して頭を下げたベラが道の向かい側に立つ。それを見届けてから扇《おうぎ》を開いて口元を隠《かく》した。

「行動が少し変わったからかしら、予知魔法で新しい未来が見えたのだけど」

「おいおい、本当に便利な魔法だな。アカルディが未《いま》だ小国なのは最早《もはや》奇跡《せき》だろう」

『こんな奴《やつ》らに喧嘩《けんか》売るなんて、叔父上《おじうえ》も馬鹿《ばか》だよな』

「別に、国を広げるつもりは無いから安心して」

感心を通り越《こ》してやや引いているようなディアーク。正直、我ながら便利を通り越して物騒《ぶっそう》な魔法を使えると思う。中でも転移魔法はやろうと思えば何処《どこ》へでも忍《しの》び込み放題だし、自分が暗殺稼業《かぎょう》の人間でなくて良かったなぁと考えるほどだ。勿論《もちろん》私はアカルディを守りたいだけの一王女なので、この力を悪用するつもりは無いが。

逸《そ》れた話の軌道《きどう》修正をすべく一つ咳払《せきばら》いをしてから、本題に入った。

「ベラが夜遅《おそ》くに、私の姿に変装をしてグローセ・ベーアと接触していたわ。場所はハッキリと分からなかったけれど……」

「はあ、どうにかして城から出るなりするのを阻止《そし》しなきゃならねえのか」

「そうね。もしくは味方にするか」

「それは難しいと思うぞ。叔父上が簡単に裏切るような人間を使うとは考えられない」

苦い顔をする彼に私もため息をつく。今まで何度も暗殺者を仕向けられてきたディアークには、それが体験として身に染《し》みているのだろう。これまでに捕《と》らえた者たちも、終《つい》ぞ皇弟との関《かか》わりを示す証言を吐《は》かなかったという。

「ええ、そうね。でも彼女の場合、それは忠誠心とかではないと思うの。なんていうかその……恐《おそ》れが見えたから」

「セオドア卿《きょう》を除けば、お前そういうの外さないもんな。だからこそなんでセオドア卿の好意だけ頑《かたく》なに信じないのか理解できなかったが……さてはなんか予知魔法で変な未来でも見ていたのか？」

読心魔法を予知魔法として伝えていることを考えれば、それはもう正解といって良いだろう。

「まぁ、そんなところね」

『なるほどな。長年の疑問だったが、魔法が根拠《こんきょ》ならそれも頷《うなず》ける』

遂《つい》に納得がいったらしい。彼のコルがスッキリした顔をしてうんうんと頷いている。

「多分何か弱みを握《にぎ》られているのだと思うの。だからそれを取り除いてあげれば……」

「間に合うか？　事故を装《よそお》ってあの侍女《じじょ》を行動不能にした方が早い」

『できれば穏便《おんびん》にすませたいが……エステリーゼが関わってくるなら手段を選んでる場合じゃないからな』

口では物騒なことを言っているが、それが私への気遣《きづか》いによるものだと知り、大丈夫《だいじょうぶ》だと落ち着かせるように彼を肘《ひじ》で小突《こづ》く。

「間に合わせるわ。他《ほか》の人を用意されても面倒《めんどう》でしょ？　そのあとは――」

「エステル」

ふいにセオドアの声がしたかと思えば腕をひかれて一瞬《いっしゅん》よろめく。けれどすぐに彼の腕の中に抱《だ》きとめられて、私は恐る恐る顔を上げた。

「僕が言えた話ではないのは分かっています。……でも、あまり他の男に近づきすぎないで」

セオドアはどこか怪我《けが》でもしたのかと言いたくなるくらい苦しそうな顔をしていて、私はグッと押し黙《だま》る。確かに他人に聞かれたくない話だったので、かなり顔を寄せていた自覚はある。こんなことなら昔ディアークに「俺たちだけの言語を作ろうぜ」と言われた時、面倒くさがらずに作っておけば良かった。

「……本当に、貴方《あなた》が言えた話ではありませんね」

できることなら言う通りにして、安心させてあげたい気持ちがあるものの、今は諸事情が多すぎる。ベラをなんとか懐柔《かいじゅう》し作戦変更《へんこう》できれば良いのだが……。

すると彼は一度ギュッと抱きしめる腕《うで》を強くしたかと思うと、ゆっくり私を離した。

「今は、こう思っていることを知っていただければ、構いません」

「セオドア……」

「ちょっとセオドア、何をしているの！　次はドレスを見に行くわよ」

少し遅《おく》れて店から出てきたドロテーア皇女に捕《つか》まり、セオドアは引っ張られていく。その姿を目で追っていると彼の手にも小さな紙袋《かみぶくろ》があることに気がついた。ドロテーア皇女からのプレゼントだろうか。それとも彼から彼女に？　……いや、セオドアが何処で何を買おうと彼の自由だ。

『あの女は叔父《おじ》様の侍女だったわね』

「ベラといったかしら。貴女《あなた》クライスラーの店の場所は知っていて？」

一応自分が案内すると宣言していたはずのドロテーア皇女は、全くと言って良いほどどこに何があるか分かっていないらしい。腕を組んでそうベラに問いかけている。

「恐れながら、クライスラーの店でしたら先月閉店いたしました。なんでも経営破綻《はたん》したとかで……」

「あらそうなの？　お姉様たちも気に入っていたのに、残念ね。じゃあラフィニールトは？」

「そちらでしたらご案内致《いた》します。……お二人は如何《いかが》されますか？」

ベラは私たちと離れたくないのだろう。そう尋《たず》ねてきたが、セオドアとの邪魔《じゃま》をされたくないらしいドロテーア皇女はベラを睨《にら》みつけた。

『ちょっと！　この女私の味方じゃないの？　余計なことしないでよ！』

『警戒《けいかい》されているのか王女に全然近づけない。なんとかしなきゃ……』

どうする？　と問いかけるような視線を送ってきたディアークに委《ゆだ》ねられたので、私はベラを味方につけるべくついて行くことにした。

「ご一緒《いっしょ》しようかしら。いい？」

「そうだな」

その答えにベラが安心したように胸をなでおろす。次の目的地までほど近いということで、馬車は使わずに歩いていくことになり、私はそれとなくベラに近づき話しかけた。

「城下が出身だと言っていたけれど、どの辺りなの？」

「私は……とある貴族のタウンハウスで住み込みメイドをしていた母と、そこの主人のお手つきで生まれた婚外子《こんがいし》なのです」

「お前の父親……確かハンナヴァルト侯爵《こうしゃく》だったか？」

「よく、ご存じで……」

「目元が侯爵に良く似ているよ」

『ハンナヴァルト侯爵は確か開戦派だったな』

皇弟ほどの人物が婚外子を侍女にとは……と少々意外に思ったが、利用するには身分のある令嬢《れいじょう》ではない方が良かったのだろう。

「ハンナヴァルト夫妻の間に愛はなく、生まれた私が後継《こうけい》問題を起こすことの無い女であったことから奥様のお許しもあり、そのままタウンハウスに住まわせていただけることになったのです」

「そうなのね。お母様は今もそのタウンハウスで働いているの？」

人質《ひとじち》にとられているという彼女の母親について、自然な話の流れで尋ねることができた。

「……いえ、一ヶ月前に身体《からだ》を壊《こわ》し今は田舎《いなか》で療養《りようよう》しております」

『皇弟殿下《でんか》に毒を盛られ、解毒剤《げどくざい》が欲しければ言うことを聞けと人質にされてしまった。逃《に》げないよう御丁寧《ごていねい》に見張りまでつけて。……なんで母がと思っていたけれど、私の髪《かみ》の色が王女に似ていたからだったのね』

……それに関してはあくまでも悪いのは皇弟で、色合いが似ていた私のせいではないはずなのだけど。自分を責めるように項垂《うなだ》れるベラのコルを見ていると、罪悪感が押し寄せてくる。

しかし……一ヶ月前か。

私の治《ち》癒《ゆ》魔法の難易度はその状態になってからの期間に依存《いそん》する。例えば一分前に両腕を切り落とされた人と、一週間前のかすり傷では前者の方が必要魔力は少ない。それは私の治癒魔法が、正確には治すのではなく元《もと》に戻す魔法だからだ。

小さな頃《ころ》は子ども二人の、しかもできたばかりの怪我を治しただけで魔力切れを起こしたことがある。けれどその頃より魔法自体も魔力量も成長した今なら、恐らく何とかなるだろう。

「心配ね。すぐに会いに行ける距離《きょり》なのかしら?」

「お気遣いありがとうございます。馬車で一日あれば会いに行けますので、休暇《きゅうか》の時には」

その距離なら何人かを伴《ともな》い往復転移もできるだろう。問題は助けた母親を匿《かくま》う場所だが、そこはディアークに任せて良いはず。

このブリッツェン通りの散策が終わり次の目的地に移ったタイミングで、ドロテーア皇女やセオドアと別行動をし、ベラの母親の元に行くか。主にベラの説得が上手《うま》く行けば、怪《あや》しまれること無く戻ってこられるはずだ。

ラフィニールトでドレスを買い漁《あさ》るドロテーア皇女に付き合い、ブリッツェン通りのレストランで昼食をとったあと。次にベラの薦《すす》めで、大聖堂や植物園等観光地が多くあるという街へとやってきた。流石《さすが》は大帝国《だいていこく》ヴェルデ、アカルディでは考えられないほど沢山《たくさん》の人で賑《にぎ》わっている。そして自意識過剰《かじょう》でも何でもなく、すれ違《ちが》う人すれ違う人皆《みな》が私を二度見しては驚《おどろ》きの声をあげており、居た堪《たま》れない気持ちになった。

というのも、後《のち》にアカルディを建国した聖女と勇者が魔王を倒《たお》し平和を取り戻した話は、絵本や劇など様々な形で大陸中に語り継《つ》がれており、誰《だれ》もが知っていると言っても過言ではない。その聖女であり初代女王でもあるアレッサ・アカルディがフェイスベールを着けた姿で描《えが》かれていることもあって、自分で言うのもなんだがアカルディの王女という立場は物凄《ものすご》く知名度が高いのだ。

時折子どもが私を指さし「聖女様だ！」と声をあげる。違うんです。聖女なのはアレッサ・アカルディだけで、私はただの末裔《まつえい》なんです。……と一々否定していく訳にも、子どもの夢を壊《こわ》す訳にもいかず、口元に曖昧《あいまい》な微笑《ほほえ》みを浮《う》かべて手を振《ふ》った。

こんな調子だから、私の目撃《もくげき》証言というのはとても作りやすいだろう。記憶《きおく》に残りやすい特徴《とくちょう》がある為《ため》、見かけていれば確実に「そんな人を見ただろうか」とはならないから。

それ故《ゆえ》単純に人目があればあるほど信憑性《しんぴょうせい》が増すので、この辺りでグローセ・ベーアとの接触《せっしょく》が予定されている可能性は高い。その前に、ベラを味方につけなければ。

――そう心の中で私が気合いを入れた時だった。ドロテーア皇女が当然のようにセオドアの腕をひいて高らかに笑う。

「うふふ！　さぁセオドア、私とエーヴィヒの鐘《かね》を鳴らしに行きましょう！」

「ドロテーア、お前な……」

エーヴィヒの鐘。聞いたことある気がするが、何だったたか。呆《あき》れたように彼女を見るディアークへと視線を向け首を傾《かし》げれば、肩《かた》をすくめながら彼は答えてくれた。

「植物園の中にあるちょっとしたスポットだ。なんでも恋人《こいびと》同士で訪《おとず》れて鐘を鳴らせば一生添《そ》い遂《と》げられる……とかいうジンクスがあるらしい」

『まぁ、眉唾物《まゆつばもの》どころか観光客を集めたいだけのでっちあげだろうが……皇太子の俺が表立って作り話だと言う訳にもいかねぇ』

恋人同士。一生添い遂げられる。……それを、セオドアと、ドロテーア皇女が、二人で。聞き覚えがあったのは恐《おそ》らくそういうジンクスや占《うらな》いが好きな侍女《じじょ》たちからだろうな、と推測する自分の心さえ他人事《ひとごと》のように思えた。

ディアークの話を聞いたセオドアが露骨《ろこつ》に眉を顰《ひそ》めた――けれど、諦《あきら》めたようにため息をついて私たちの方を向く。

「二人はどうされますか？」

「どうする？　エステリーゼ」

　どうするって……それはさっきまで考えていた通り、彼らと別行動をして、ベラを説得して味方につける為彼女の母親を救出しに行って、そのあとのことをディアークと話し合って……。そう、やることがいっぱいあるのだ。

　だから、セオドアはそれでも良いんだとか、こんな些細《ささい》な、子どものおまじない程度のことでモヤモヤしている暇《ひま》はないのに。

『そのジンクスが、僕と王女の婚約《こんやく》解消を叶《かな》えてくれればいいんだけど』

　祈《いの》るようなセオドアのコルの言葉に、傷つく時間も権利もないのに。

「私、は……」

　この程度のことで心が揺《ゆ》らぐくらいなら、この程度のことが耐《た》えきれないなら、最初からセオドアを連れてくるべきではなかった。なのに何故《なぜ》、今更《いまさら》こんな些細なことでこれほど動揺《どうよう》してしまうのか、自分でも分からなくて。

「え、と」

　人前で泣いてはいけない。だって私は次期女王だから。誰かの死を弔《とむら》う時ならまだしも、こんな私情で泣くなんてプライドが許さない。ましてや周りに人が多い中なんて以《もっ》ての外だ。

だからってディアークにずっと傍《そば》にいてもらっている経緯《けいい》と意味を考えれば、今どこかに転移して逃げることもできなくて。

どうしよう、どうしたら。どうしていつも私はろくな考えが浮かばないの。最善を考えることができないのなら、考え付いた限りの最善を尽《つ》くすしかないのに何を震《ふる》えているの。本当に馬鹿《ばか》で愚劣《ぐれつ》で、どうしようもなくて、こんな自分が嫌《いや》になる――。

「――エステル」

目尻《めじり》を離《はな》れた雫《しずく》が頬《ほお》を伝っていく感覚がした瞬間《しゅんかん》、優《やさ》しい声が私の名を紡《つむ》ぎ、かと思えば突然《とつぜん》抱き上げられた。

「っきゃ！」

「しっかりつかまってください」

「え？　え？」

ついには涙《なみだ》が出てしまうくらい心が荒《あ》れていたことも一瞬で忘れ、言われるがままに慌《あわ》てて彼の首に腕《うで》を回せば、ドロテーア皇女が抗議《こうぎ》するように近寄ってきた。

「ちょ、ちょっとセオドア！　何をしているのよ！」

「エステル。どうか、どこか二人きりになれるところへ連れて行ってください」

しかしセオドアは全く意に介《かい》さず、そう言ってふわりと私に微笑《ほほえ》みかける。ディアークに命じられた護衛に捕《つか》まってドロテーア皇女が喚《わめ》いているのなんてまるで興味が無いというかのように、彼は真っ直《す》ぐに私だけを見ていた。

「で、でも、今は——」

二人きりなんて。やらなきゃいけないことが沢山あるし、時間が無い。だからそんな選《せん》択《たく》をエステリーゼ・アレッサ・アカルディが選ぶべきではない。エステルとしての望みは、優先順位が低いのだから。

そんな私の心の内など、セオドアにはお見通しだったのだろうか。

「……エステリーゼ王女殿下《でんか》。どうか一国民の望みを叶えていただけませんか？」

「……っ」

その言い方は、ずるい。

再び瞬《まばた》きと共に流れた雫が彼の服に滲《にじ》んだ時には、私たちは郊外《こうがい》にある丘《おか》の上に立っていた。

夜景が美しいことで知られるこの丘だが、昼過ぎの今現在は思った通り他《ほか》に人は誰も居ないようだった。

私はと言うと、ついにセオドアの前で泣いてしまったという羞恥心《しゅうちしん》や情けなさでいっぱいで、彼の顔を見ることができずその胸元《むなもと》に顔を埋《う》めたままでいる。

「勝手な真似《まね》をして、すみません」

「いえ、私こそ……みっともない姿を見せてしまいました」

「みっともないなどとは全く思いませんが……涙を見せる相手は僕だけにしていただきたいですね」

近くのベンチへとゆっくり降ろしてくれたセオドアは、私の前へ跪《ひざまず》くと縋《すが》るような眼《め》をして問いかけてきた。

「エステル。僕では、頼《たよ》りになりませんか」

そんな訳が無いとすぐ首を横に振る。セオドアほど頼《たの》もしい人はいない。だからこそヒンダーン石によって四属性魔法《まほう》が使えない状況《じょうきょう》でも、一人でグローセ・ベーアからドロテーア皇女を守りきれると判断したのだから。

けれどこうなってはもう、今更隠《かく》したところで……と、覚悟《かくご》を決めて話し出す。

「セオドアがドロテーア皇女に脅《おど》されていることは分かっていました。皇女暗殺未遂《みすい》の罪を私に着せる計画を彼女に持ちかけたのは皇弟なのですが、皇弟は未遂ではなく、本当にドロテーア皇女を殺すつもりのようです。勿論《もちろん》、アカルディとの開戦の為に」

「そうだったのですね……」

『……懲《こ》りないいな、あの皇弟』

私に関《かか》わらないことでは至って普通《ふつう》のセオドアのコルが納得《なっとく》したように頷《うなず》いた。何故そんなことを知っているのかとは聞かれなかったので、予知魔法のことは一旦《いったん》保留し話を進める。

「それで、ベラという侍女がいたでしょう？」

「ああ、あの」

「彼女が明日の誕生祭で私に成りすますのだそうです」

「……ではその間、エステルは？」

今回の話を伝えなかった大きな理由を話し始めると、彼はすぐに察したようだ。

「さぁ……どうするつもりなんでしょうか。そこまでは分かりませんが、あまり穏《おだ》やかでないのは想像に難《かた》くないですね」

私の転移は触《ふ》れさえできれば何人でも連れて行けるし、何人触れていても、この人だけ、と選ぶこともできる。それは物も同様で、どこかに磔《はりつけ》にされて縄《なわ》でぐるぐる巻きにされても問題ない。

だから考えられるとしたら……聖女の魔法はヒンダーン石でも無効化されないことを知らないか、脅しや人質《ひとじち》か。

「ドロテーア皇女を殺されることが一番困るので、私のことは自分で何とかしますから、セオドアは予定通り彼女のパートナーをつとめてその身を護《まも》ってくださいね——と頼んで、貴方《あなた》が受け入れてくれると思えませんでした」

その言葉に責める気持ちはなかったのだが、うぐっとセオドアが唸《うな》った。

「反論の余地もないです。貴女《あなた》をこんな風に泣かせるくらいなら、なんだって我慢《がまん》できたと言うつもりだったのですが……」

それまで真っ直ぐに私を見上げていた彼が気まずげに視線をさ迷わせる。なんだかその様子がおかしくてくすりと笑った。

「だから、頼りにならないとかそういうことではないんです。貴方は第一王女である私を守ることが最優先だと言いつけられているでしょう」

私の護衛、それは次期王配である彼の役目だ。私がいくら頼もうと、両親である女王陛下や王配殿下からの命を覆《くつがえ》すことはできない。だからこそ脅されているという大義名分がある状態で、知らないままでいてほしかった。そうすれば隠していた私の咎《とが》になるから。

しかしセオドアは私のその言葉を聞くと、なんだか不服そうな顔をしてゆっくり首を横に振《ふ》ったかと思えば。私の隣《となり》に腰掛《こしか》け、こつりと額を合わせてきた。

「僕が尊び敬い、愛し、人生の全《すべ》てを捧《ささ》げて守りたいと思うのは……貴女が王女だからではなく、エステルだからですよ」

至近距離《きょり》からベールで見えないはずの私を射貫《いぬ》く彼の瞳《ひとみ》は、嘘《うそ》や演技だとは思えないほど真剣《しんけん》な色をしていて。心臓が五月蠅《うるさ》いくらいに鳴り始める。でもそんなはずがない。

「あ、貴方が婚約《こんやく》者になったのは、私が第一王女だからではありませんか」

「それは順番が違《ちが》います。僕はエステルの婚約者になりたいから、ここまで強くなったんですよ」

「え？」

それこそ時系列が違う。彼とは婚約を結んだあの日に初めて会ったはずだ。それより前に会ったことがあったのだろうかと記憶《きおく》を辿《たど》るも、一度会えばこんな世界中を虜《とりこ》にする美形を忘れるはずがないと考え直す。

しかしそれについてセオドアは、これ以上話すつもりはないらしい。

「ええと、兎《と》に角そういう訳ですから。心配をかけてしまって申し訳ありません」

目元はまだ赤いかもしれないが、フェイスベールで隠れているので問題ないだろう。

話はしまいとばかりに立ち上がった私の腕を、彼の左手が掴《つか》んだ。

「では何故《なぜ》、泣いていたのですか？」

「そ、それは……」

「エステルの泣く姿を、初めて見ました。それだけのことがあったのでしょう？」

何故、と尋《たず》ねられても、自分でもよく分かっていないのだ。

セオドアを苦しめたくないから、ずっと前から婚約解消しようと考えていた。彼が次に婚約する相手がドロテーア皇女で、心から祝福できなかったとしても、セオドアにとって現状より改善されるなら、それで良いはずだった。

……なのに、いざセオドアが本当に私以外の誰《だれ》かと結ばれるかもしれないと思ったら——涙が溢《あふ》れてしまった。私は、彼の幸せを願っているつもりで、覚悟ができているつもりでも。その実彼を手放す心の準備ができていなかったのだ。

「僕はただ、貴女の憂《うれ》いを取り除きたいのです。貴女の嫌《いや》がることをしたくないのです」

黙《だま》っていた私の頬《ほお》に、立ち上がって顔を覗《のぞ》き込んできたセオドアの右手が添《そ》えられる。

またいっぱいいっぱいになって、涙が滲んできそうになったから、彼の手をそっとはらった。

「……セオドアに、無理を、してほしくないです」

「無理、とは？」

「私のことを、好きなフリを……」

ぽつりと本音を零《こぼ》すと、セオドアはこれでもかとばかりに目を見開いたあと、切羽詰《せっぱつ》まった様子で私の両肩《りょうかた》を掴んだ。

「っフリなんかではありません！　本当に、エステルを愛しています……！」

『どうしてバレたんだ……!?　ずっと完璧《かんぺき》に演じていたはずなのに……！』

愛しているという言葉を信じたかった。でも私は、この相反するセオドアとコルをもう五年も見続けてきたのだ。それに、セオドア以外で読心魔法に違和感《いわかん》を覚える瞬間《しゅんかん》は無かったのに、セオドアのコルだけが正常でないなんて信じられない。

「嘘でしょう。だって、セオドアはいつも私のことを疎《うと》ましく思っているではありませんか。私から離《はな》れたいって、本当は嫌《きら》いだって思っているじゃないですか……。今だって無理して演技を……」

言い訳がましく口から零れだしたそれらは、今までに聞いたセオドアのコルの声の言葉で。

それは実質、貴方の心を読んでいるという宣告も同然だった。なのに――。

「確かにエステルに出会うまでは、王配になりたくないと思ったことはあります。けれど、貴女に会って貴女を好きになって、それからはエステルの隣に立つ為《ため》の努力をずっとしてきました。ですから、疎ましいとか離れたいとか……僕は誓《ちか》ってそんなこと、一度も思ったことはありません。ましてや口にしたことも、そう受け取られるような態度をとったことも無いはずです。なのにどうしてそう思い込んでいるのですか？　誰かに何か吹《ふ》き込まれたのですか？」

『次期王配の座を狙《ねら》う誰かか？』

「っえ――」

……この反応はおかしい。彼も、彼のコルさえも、私が心を読める可能性なんて全く考えてはいないようだ。

もし普段からそう疎ましがっているコルが正しければ、心を読まれているのかと疑うだろう。聖女の魔法《まほう》には様々な種類があるから、全く有り得ない話だとは思わないはずだ。なのに彼は、誰かが私をそそのかしたという可能性しか考えていない。

つまり……全く心当たりがないということで。

「エステルが好きだと、何度も伝えてきました。全部本気にしてもらえていなかったのですか……？」

――彼のコルは間違っていて、セオドアは本当に私のことを……好きなのか。

こんな時に確信してしまう。セオドアを傷つけて、優《やさ》しい彼を怒《おこ》らせてやっと理解する。自分を好いてくれている人の気持ちを、魔法を過信して疑って、遠ざけて傷つけて、他《ほか》の人を宛《あて》がおうとしていたなんて。

……最低だ。私はずっと彼に、なんと酷《ひど》いことを。

「エ、エステル!?」

「ごめんなさい……ごめんなさい、セオドア……」

「ああ、泣かないでください。決して怒っている訳ではなくてですね……」

「違うんです、私が……貴方にずっと酷いことを……っこんな、私じゃ、貴方にふさわしくありません……」

泣きたいのはセオドアの方だろう。それに泣いたって解決しないし、泣いて許されたいと思っている訳でもない。なのに、今まで彼にした仕打ちを思い返し、どれほどその心を傷つけたかと思うと、どうしてもボロボロと零れてくる涙《なみだ》を止められそうになかった。

「大丈夫《だいじょうぶ》、大丈夫ですよ」

ごめんなさいと繰《く》り返すことしかできない私を、セオドアが抱《だ》きしめて背中を優しく撫《な》でてくれる。頭では理解しても、その優しい温《ぬく》もりを素直《すなお》に受け取って良いのだということが未《いま》だ信じられないほど、私にとって彼に好かれていたという事実は衝撃《しょうげき》的なものだった。

──どれくらいそうしていただろうか。暫《しばら》くして私の呼吸が落ち着いた頃《ころ》、セオドアは少し身体《からだ》を離すと何やら小さな箱を取り出して、開けた。

「エステル、これを」

「これは……」

左手を取られそっと中指にはめられたのは、ジュエリーショップで気になっていた花冠《はなかんむり》モチーフの指輪だった。確かに平均的な手指のサイズをしていると思うが、まさか一点物の指輪がこの指にピッタリだとは。

そして彼の右手の中指にはペアとして並べられていた月桂樹《げっけいじゅ》の冠を模した指輪がはまっていて。

「この指輪、見ていましたよね。目に留まったのが僕の思っている理由だと嬉《うれ》しいのですが」

「……そうですよ。初めて会った日のことを思い出していました」

素直に答えれば、良かった、とセオドアが微笑《ほほえ》む。完璧人間かと思ったセオドアが頑張《がんば》って作ってくれた、お世辞にも上手とは言いがたい花冠。私の大事な宝物。

「あの日エステルは、僕の作った下手くそな花冠を心から喜んでくれて、僕の努力を認めてくれました。覚えていないでしょうけれど、貴女《あなた》に助けられたこともあります」

そう言われて、首を捻《ひね》る。助けたことなんて、あっただろうか。助けられたことは何十回とあるけれど逆はあまり記憶にない。

しかしそう語る彼の声はどこまでも優しくて、私を見つめる眼差《まなざ》しは力強くて、触《ふ》れ合う手は温かかった。それら全《すべ》てに嘘の色などあるはずも無く。

「良き女王になる為にひたむきに努力するところも、僕のことを突《つ》き放したい癖《くせ》に拒絶《きょぜつ》しきれない優しいところも、……他にも語り尽《つ》くせないくらい好きなところが沢山《たくさん》あります。きっと世界中を探しても、エステル以上に好きになれる人など一生現れません」

惚《ほ》れた欲目を抜《ぬ》きにしても、セオドアは世界一良《い》い男だと思う。だから世界一どころかアカルディ一ですらない私以上の相手なんて、この世に溢れるほどいるだろう。

けれど、セオドアは真剣《しんけん》にそう言っていて、私はそれが……嬉しくて。

「……僕の心は、永遠にエステルだけのものです」

その言葉に、またジワジワと視界が滲《にじ》んでいく。

この大陸では中指への指輪を贈《おく》る際、相手の左手と自分の右手用に二つの指輪を用意するのが一般《いっぱん》的だ。相手の左手へ贈る指輪は『貴方《あなた》に心を捧《ささ》げる』『貴方の人生の中心に私という存在を置いて欲しい』という意味を持ち、自分の右手に着ける指輪が『私の心は既《すで》に捧げてある』という証になる。

通常結婚《けっこん》式の時にその二つの指輪を新郎新婦がそれぞれ用意し、両手の中指に着けることになるものだが……。

「本当はちゃんとオーダーメイドで作った指輪をと思っていたのですが、どうしても、今すぐ贈りたくなってしまったんです」

「私……まだ用意できていません」

「構いません。元よりそのつもりでした。どうすればエステルにこの気持ちを信じてもらえるか考えていて……」

先に贈るということは、すなわち『見返りを求めない愛』という意味をも持つ。こんなの……もう疑いようもない。

「……ありがとう、嬉しいです。大事にします」

陽《ひ》の光を受けてキラキラと輝《かがや》く指輪に右手で触れ、祈《いの》るように手を握《にぎ》る。さっきまでとは違《ちが》う意味での涙がポロポロと溢《あふ》れていった。

こんなにも好きなのに、こんなにも好きでいてくれているのに、婚約解消しようとしていたなんて、自分のしようとしていたことが恐《おそ》ろしい。

結婚するなら彼が良い。彼の相手は、私が良い。

「私も、セオドアが好きです。愛しています。初めて会ったあの日から、ずっと」

嫌いな相手に言われても迷惑《めいわく》なだけだろうと、今までずっと封《ふう》じ込めていた心からの言葉をセオドアに伝えれば。

彼の顔が、くしゃりと歪《ゆが》んだ。

「エステル……っ」

嗚咽《おえつ》を漏《も》らす彼に縋《すが》るように抱きしめられて、私は彼の背中に回した腕《うで》に力を込めた。

コルの声はもう、気にならなかった。

第五章　婚約者の真意

エステルが十二歳の時、女王陛下の公務の補佐《ほさ》をする為《ため》とひと月ほど会えなかったことがある。それまでは休日の度《たび》に会っていたものだから、会える日をまだかまだかと待ちわびた。そしてやっと彼女が会いに来てくれた時。

エステルは、明らかに様子がおかしかった。疲《つか》れて体調が悪いだけだと言う彼女に僕は慌《あわ》てて声をかけた。

──エステル、またすぐ会えますか？

──……そうね、また来るわ。

けれどそう言ってくれたはずの彼女は、それ以来僕を避《さ》けるようになった。それまでずっと互《たが》いに隠《かく》し事など何も無いくらい沢山話をして、弱音を吐《は》いたりもしてくれたのに。

今でも当時のことはよく覚えている。きっと自分が何か嫌《きら》われるようなことをしてしまったのだと、エステルにかけた言葉やとった行動を何度も思い返していたから。けれど本当に心当たりがなくて、最終的には直接尋《たず》ねたのだが……。

──エステル、僕が何かしてしまいましたか？　二度と貴女を不快にさせるようなことはしないと誓《ちか》います。だから……。

──そのようなことはありません。ですから気になさらないでください。

そう言ってサッと僕に背を向け行ってしまうエステルの言葉遣《ことばづか》いが、一度は砕《くだ》けていたはずなのに、また丁寧《ていねい》なものに戻《もど》ってしまっていて。その他人行儀《ぎょうぎ》さに距離《きょり》を置きたいのだと言われているようで、胸がズキリと痛んだ。

会いに来てくれることはまず無くなり、会いに行っても突き放された。パートナーが必要な催《もよお》し物や、婚約者を伴《ともな》わなければならない公式行事の時だけ、義務だから仕方ないとでも言うように傍《そば》にいることが許された。

ああ、嫌われてしまったのだ──。そう理解はしても、その事実を受け入れるのに時間がかかった。

辛《つら》くなかったと言えば嘘《うそ》になる。けれど、また好きになってもらえるように頑張れば良い……そう思って努力を続けた。たとえエステルに嫌われたとしても、彼女を手放すことなど到底《とうてい》できそうになかったから。

僕は──エステルを愛していたから。

国内でもトップクラスに魔力《まりょく》の高い母と騎士《きし》団副団長の父の間に生まれた僕は、そのどちらの能力も濃《こ》く受け継《つ》いだ。貴族の男の軍属が義務付けられているアカルディにおいて、殆《ほと》どの貴族令息が通う騎士学校でも成績は常に一番で、神童などと呼ばれることもあった。それに伴い、第一王女であるエステリーゼ殿下《でんか》の婚約者の最有力候補とも言われていて。

「親から継いだだけの力で偉《えら》そうに……お前さえいなければ俺が次の王配になれるんだ！」

ロランドはそのことでよく僕に八つ当たりをしてきた。実際僕がいなければ彼が一番その座に近く、また彼自身その為に幼いながらもずっと努力をしていたことは知っていた。だからこそ苦労なく彼より強い僕が許せなかったのだろう。勿論《もちろん》僕だって幼い頃《ころ》から父上より厳しく指導されていたから、努力をしていない訳ではないけれど、それを認めてくれる人はいなかった。

「僕だって、別に王配になりたい訳じゃ……」

「黙《だま》れ！　俺はオベルティ公爵《こうしゃく》家の長男だぞ！　伯爵《はくしゃく》家のお前なんかより俺の方が偉いんだ！」

「痛っ……やめ――」

その日もいつもと同じように生意気だと突き飛ばされ、殴《なぐ》られる。ロランド・オベルティの身分が高いのは事実で、誰《だれ》もそんな彼に逆らってまで僕を助けようとはしてくれなかった。そもそも、もしかすると皆《みな》、ロランドと同じように僕を疎《うと》んでいたのかもしれない。

両親に相談もしたが、母上は「あんな小僧《こぞう》、躱《かわ》せぬようでは次期王配など務まらぬ」と、父上は「その程度何とも思わぬほど強くならねば王女殿下をお守りできないだろう」と言って取り合ってくれないし、護衛にも命に関《かか》わらない限り静観するよう言いつけている。一体何の為の護衛なのか。僕の痛みなど、取るに足らない些細《ささい》なことのようだった。

会ったことのない王女の婚約者にも、王配にも、なりたくなんかないのに。強くなんて、なりたくてなった訳じゃ——。

「えらかったら、人をなぐってもいーの？」

「ああ？」

こんな場面には相応《ふさわ》しくない、幼くも鈴《すず》を転がすような声。流石《さすが》にロランドも僕を踏《ふ》みつけていた足を外してその声の方へ視線を向けた。

「じゃああなたも、おーじょの私には何されたって文句いえないわよね？」

そこには、七歳の僕らよりも幼い女の子が立っていて。

「そのベール……まさかエステリ、うわっ！　な、何を、」

「なにをって、あなたがやっていたこと、よ！」

「いっ、いた！　痛い！」

いつか遠くから見た女王陛下のような黒いベールを顔に着けた少女は、その小さな身体《からだ》の何処《どこ》にそんな力が隠れていたのか不思議な強さで、なんとロランドを殴り倒《たお》した。

「え……？」

目の前で繰《く》り広げられる光景に呆然《ぼうぜん》としてしまう。さっきまで僕に対して一方的に暴力を振《ふ》るっていたロランドが、少女に為《な》す術《すべ》も無くやられている。

そんな中でも分かるのは、ロランドが反撃《はんげき》できない彼女こその国の第一王女、エステリーゼ殿下で、流石にロランドの護衛も彼女には手を出せず、殿下自身の護衛や侍女《じじょ》も困《こん》惑《わく》しているということくらいだった。

あとから聞いた話では、たまたまその日騎士学校の視察に来ていたのだそう。

「……りふじんだと思う？　それとも相手がえらかったらしかたない？」

「うぅ……」

「あなたたちの力は、こんなことをする為のものじゃないのよ」

今まで彼から理不尽《りふじん》に暴力を振るわれていた僕ですら、ちょっと同情してしまうくらいボコボコにされたロランドは、涙目《なみだめ》で少女に頭を下げた。

「申し訳ありませんでした……」

「あやまる相手は私じゃないでしょ」

「……本当にごめん」

「あ、いや……えっと……いいよ、もうしないなら」

謝られたからといって簡単に許せることでは無いが、これ以上は可哀想《かわいそう》だったのでこの場では一旦《いったん》そう答える。すると満足そうに笑ったエステリーゼ殿下がぺこりと身体を折った。

「じゃあ私もごめんなさい」

「で、殿下⁉　頭を上げてください……！」

「そう？　だったら傷、治しておくわね。かげんのしかたが分からなくて……うん、やりすぎたわ……」

慌てて頭を上げさせたロランドに、エステリーゼ殿下が手をかざしながら治癒《ちゆ》魔法をかけていく。初めて見た治癒魔法は、キラキラと暖かい春のような光が辺りに降り注ぐように舞《ま》って、とても綺麗《きれい》だった。

貴重な魔法であることを、目前にして改めて実感する。だからこそ彼女らは誰よりも守られるべきで、夫であり守護者としてその隣《となり》に立つ者も、抜《ぬ》きん出て強くなければならないのだ。

「あなたも、ほら見せて」

治癒の終わったロランドを帰らせて、次は地面に座り込んだままの僕の前にしゃがみ、彼女はそう言った。

「いえ、僕はいつものことですから……王女殿下のお手を煩《わずら》わせる訳には……」

「いつものことって……痛いことにかわりないでしょ？」

そう聞かれて、平気ですとは言えなかった。確かにこの状況《じょうきょう》に慣れてきて諦《あきら》めかけてはいたけれど、だからって痛覚が無くなった訳じゃない。……ずっと、痛かった。

何故《なぜ》だか泣きそうになってきて、彼女にそんな顔を見られないよう俯《うつむ》く。

「ありがとうございます……」

「いーのよ。強い者が弱い者を守るのはとーぜんのことだから」

得意げに胸を反らせる殿下。確か御年《おんとし》五歳のはずだ。自分より二歳も年下の女の子に守るべき弱い者だと思われているのか……と落ち込むが、事実なので本当に情けない。そんな心の内が伝わってしまったのか、殿下が慌《あわ》てたように付け足す。

「はっ、あなたが弱いってことじゃなくてね？　ほら、私はおーじょだから。けんりょくがさいきょうなの」

そう弁解してくれたその言い方がおかしくて、その最強の権力者を前に緊張感《きんちょうかん》は薄《うす》れた。顔を隠《かく》すように下げた自分の前髪《まえがみ》の隙間《すきま》から見えた殿下は、真剣《しんけん》に治癒魔法をかけてくれていて。ズキズキと痛んでいた部分が嘘みたいに消えていき、傷も最初から無かったかのように塞《ふさ》がって無くなる。

「これでよし、と。痛いところ、もうない？」

「はい。──あれ、殿下も手を怪我《けが》なさっているではありませんか。それは……」

「これはいーのよ。じごーじとくだから」

硬《かた》い装飾《そうしょく》の多い制服を着たロランドを力いっぱい殴ったことにより、柔《やわ》らかな指の背が赤く擦《す》り切れている。五歳の女の子なら泣いてしまいそうな痛々しい見た目だが、殿下は何てことないようにケラケラと笑ってその手を振った。

せめて僕に手当てができる知識と技術があれば……いや。もし手当てができたとしても伯爵家の次男でしかない僕は、尊い身分の彼女に触《ふ》れることは許されない。そのことがなんだかとても寂《さび》しく思えた。

「本当に、ありがとうございました」

「いーえ。あなたがこの国のよきしゅごしゃになりますよーに」

思えば初対面にして無様な姿しか見せておらず、尋《たず》ねられなかったのを良いことに僕は最後まで名乗らなかった。――こんな情けない男が自分の婚約者《こんやく》候補筆頭なのだとがっかりされたくなかったから。この時はあくまで敬愛に由来するものだと思っており、それの意味するところを自覚するのは、もう少しあとになる。

そしてその日、帰宅するとキエザ家当主である母上から呼び出しを受けた。殿下のお手を煩わせてしまったのだから、叱《しか》られるに違《ちが》いない。けれどそれも甘んじて受け入れようと母上の執《しつ》務《む》室に向かったが。

「今日、エステリーゼ殿下にお会いしたようですね」

「は、はい。助けてくださっただけでなく、有り難《がた》いことに治癒魔法までかけていただきました。ですが自分の手は自業自得《じごう》だからとそのままになさっていて……」

「何があったかは、護衛から報告を受けています。……殿下《でんか》のお心遣《こころづか》いは大変素晴《すば》らしいですが、家臣としては知っておかなければなりません」

そう言って長いため息をついた母上。どうやら思っていた話とは違うようだ。促《うなが》されるままにソファに腰《こし》かければ、続きを話し出す。

「殿下の治癒魔法《まほう》、あれは正確には怪我を治しているのではなく、怪我する前の状態に戻《もど》しているのです」

「では時間を操《あやつ》っているということですか？」

思わず怪我をしていた部分を凝視《ぎょうし》する。確かに、傷が治ったというより最初から無かったかのようだと感じたことを思い出した。けれど時を戻すなんて、きっと一般《いっぱん》的な四属性魔法とは比べ物にならないほど魔力を使うはずで……。

「ええ。従ってそれにはかなり多くの魔力を必要とします。殿下はまだ五歳、傷だらけの子ども二人を治すので精一杯《せいいっぱい》だったのでしょう。今は魔力切れを起こして寝込《ねこ》んでおられるそうです」

母上は困ったように笑った。

魔力切れ。過去に一度だけ、魔力の残量を把握《はあく》する訓練でわざと魔力切れを起こしたことがある。全身の血を抜かれたのかと錯覚《さっかく》するほどの重度の貧血と、餓死《がし》しそうなほどの空腹感が同時に襲《おそ》って来たような感覚……と言ってもまだ苦しみが伝わりきらないそれは、頭が割れるように痛くて吐《は》き気も酷《ひど》く、数日はベッドから起き上がれないほどだった。

「魔力切れだなんて……そんな素振りは……」

「ふふ、解決方法は年相応の稚拙《ちせつ》なものなのに、子どもとは思えぬほど忍耐《にんたい》強い方のようですね」

平気なフリをしていた理由なんて想像に難くない。僕に心配をかけたり、罪悪感を抱《いだ》かせたりしない為《ため》だろう。五歳の女の子が、それも見知らぬ僕なんかの為に。

――会ったことがない王女の為になんか強くはなれないなどと思っていた、僕の。

僕の心情を察してか、母上に諭《さと》すような瞳《ひとみ》で見つめられる。

「貴方《あなた》が仕え、守るべき相手が分かりましたか」

「……はい」

もっと強くなりたいと、この時初めて思った。次は守られる側ではなく、守る側になれるようにと。

それ以来、彼女を守るという役目を誰《だれ》にも渡《わた》したくなくて、血の滲《にじ》むような鍛錬《たんれん》の日々を重ねた。その気持ちが敬愛だけではなく、恋《こい》なのだとハッキリ自覚したのはそれから三年後、婚約を結ぶことが決まってから初めて会った日。不格好《ぶかっこう》な花冠《はなかんむり》を心から喜んでくれて、努力を認めてくれて、傷だらけの手をかっこいいと言ってくれた。全《すべ》てが報《むく》われたような気がしたと同時に、どうしようもないくらい好きになってしまったのは、自然なことだったように思う。

万が一にでも自分より強い者が現れてその座を奪《うば》い取られてしまわないように、婚約してからも鍛錬を怠《おこた》ったり気を抜いたりしたことは無かった。これからも、誰にも渡すつもりは無い。

元よりそのつもりだったが——。

「私も、セオドアが好きです。愛しています。初めて会ったあの日から、ずっと」

エステルがそう言ってくれたから、尚更《なおさら》。

嫌《きら》われていた訳じゃなかった。それどころか、僕と同じ想《おも》いを抱いてくれていたのだ。

涙《なみだ》が止まらなかった。夢みたいで、現実なのだと確かめたくて、縋《すが》るように彼女の身体《からだ》を抱《だ》きしめれば、僕の背に腕《うで》を回してギュッと抱きしめ返してくれる。

「もうこのままアカルディに連れて帰りたいです……」

「ふふ、もう。何言ってるのよ」

何てことのないように紡《つむ》がれたエステルの返事に驚《おどろ》いて、頭の中で反芻《はんすう》して、一層ボロボロと涙が零《こぼ》れ落ちた。

「……どうかしたの？」

「すみません……昔のようにエステルが話してくれるのが、嬉《うれ》しくて」

エステルは、基本的に相手の身分問わず敬語を使う。まだ仲が良かった頃《ころ》に「丁寧《ていねい》な言《こと》葉遣《ばづか》いをしないと、私の性格ではなんだか傲慢《ごうまん》で横暴な感じになるから」だと教えてくれた。そんな彼女が砕《くだ》けた話し方をするのは、昔の僕を除けば彼女の弟妹と、ディアーク皇太子だけで。家族である王子殿下や王女殿下はまだしも、ディアーク皇太子のことをどれほど羨《うらや》んでいたことか。

「それについては本当にごめんなさい……。詳《くわ》しくはまだ言えないのだけれど……そうね。結婚したら話せることがあるから待っていてくれる？」

「それは……楽しみにしていますね」

何か事情があったのだろう。本当は少し気になるけれど、いくらだって待てる。再びエステルにとっての特別に戻れたのだと分かったし、婚約解消をほのめかしていたエステルから結婚に前向きな言葉を聞くことができただけで今は充分《じゅうぶん》だ。

良かった。エステルが生まれたのがアカルディで。もしもここが他国ならば、王太子のエステルと伯爵《はくしゃく》家次男の僕では到底《とうてい》結ばれなかっただろうが、アカルディでは強ささえあれば彼女の隣《となり》に立つ権利を得られるのだから。

……結婚して、ベールの下の素顔《すがお》を見れば、どうしようもないほど胸を占《し》めるこの独占《どくせん》欲《よく》も少しは満たされるだろうか。

「……そろそろ戻りましょう」

暫《しばら》くして、涙は止まったものの目元が赤くなっていたのか、そう言ってエステルが僕の目尻《めじり》に手を添《そ》えて治癒《ちゆ》魔法をかけてくれる。このままエステルと二人でいたいところだが、皇弟や第三皇女の計画を聞く限り、長々とこうしてはいられないのだろう。

「最後にもう一度だけ聞くけど、明日の誕生祭でドロテーア皇女のパートナーを務めるつもりは――」

「ありません。寧《むし》ろ今から一秒だってエステルと離《はな》れる気はないです」

第三皇女に侍《はべ》ることが本意ではなかったと主張したくて、思わず食い気味に返答してしまう。

女性が苦手という訳ではない。必要ならばコミュニケーションはとるし、性別関係なく人にはできる限り親切にしたいと思う。けれどエステルという婚約者がいる僕に対して、そういう視線を向けてこられれば倫理観《りんりかん》を疑ってしまう。だから第三皇女のことは、正直なところ元々苦手だった。

その上、第三皇女がエステルの部屋に押しかけて来たあの夜。帰ってもらうよう話しに行った僕に、彼女はパートナーになるよう脅《おど》しをかけてきたのだ。

――あの王女が大事なら、私の言うことを聞いた方が宜《よろ》しくてよ。もしも断るというのなら、貴方の大事な王女と国がどんな目にあうか分からないわ。

――エステリーゼ王女殿下は、僕が守り抜《ぬ》きますから問題ありません。

――それはどうかしらね。何故《なぜ》なら私にはその為の用意があるのだから。

余りに自信満々なその様子に、結局はその計画の情報を得る為、そしてその計画を止める為第三皇女の話を一旦《いったん》のむことになった。エステルが僕をヴェルデへと連れて行きたがらなかったのは、きっとこういうことを見越《みこ》してだったのだろう。なのにただ傍《そば》にいたい……その一心で縋るように同行の許可を得た。極力避《さ》ければ良いだけだという考えが甘かったと、痛感した。まさかここまで強引《ごういん》な手段に出るとは思っていなかったのだ。

しかし何にせよ防げなかった僕の落ち度である。エステルを守るべき立場でありながら、寧ろ彼女を危険に晒《さら》すなど到底許されることではない。従ってそのことについての罰は甘んじて受け入れるが、今は……アカルディに無事帰国するまでは、傍で守らせてほしい。

「僕は、貴方の剣《けん》であり盾《たて》でありたいのです。だからどうか僕を、お傍に」

「……分かったわ。その代わり絶対に怪我《けが》しないで」

エステルが小さく息を吐いてそう告げる。隣を許されたことに安心し、彼女の手を取りその爪先《つめさき》に誓《ちか》うように口づける。

「必ず。もうエステルに魔力切れを起こさせる訳にはいきませんから」

ついつい余計なことまで零れてしまった誓いに、何のことか分からないのだろう彼女はきょとんと首を傾《かし》げるが、笑って誤魔化《ごまか》した。

守られるだけで情けなかった昔の僕を、どうか知らないままでいてほしい。


主に私が原因ですれ違《ちが》っていた五年間であったが、ついに気持ちが通じ合い、穏《おだ》やかで幸福な気持ちになったのも束《つか》の間。予定が変わった以上、のんびりしている場合ではないと元いた場所に転移する。

「セオドア！　どこに行っていたのよ！」

私たちが戻《もど》ってくるなり怒髪衝天《どはつしょうてん》でセオドアに詰《つ》め寄るドロテーア皇女。転移していたのは体感二十分程度だったが、どこに行ったか分からない相手を待つ方はそれ以上に長く感じたことだろう。本人はそこまでではないものの、彼女のコルは怒《いか》りで顔が真っ赤になっている。

「……恐《おそ》れながら僕は、もう貴女《あなた》の言うことは聞けません。これからはエステルの傍にいますし、明日の誕生祭も当初の予定通りエステルのパートナーとして出席します」

繋《つな》いだ手を離さないまま、私を自分の後ろへ隠《かく》すようにしてセオドアはハッキリとそう言った。まさか脅した相手からそんな言葉をかけられるとは思ってもみなかったのか、ドロテーア皇女が動揺《どうよう》したように目を見開く。

「っ何を言って……約束を違《たが》えたらどうなるか分かっているの⁉」

「へえ、どうなるんだ？」

「お、お兄様……それは……っ」

セオドアを知る者ならば、彼がなんらかの理由があってドロテーア皇女の傍にいるのだと察していただろうが。今の彼女の発言はまさに脅していたことを示唆《しさ》するようなものだ。

ディアークにそれを指摘《してき》され、彼女は上手《うま》い言い訳が見つからないのか口篭《くちごも》る。そうして視線をさ迷わせ——その金色の瞳《ひとみ》が、ピタリとある一点で留まった。

「っなんで……なんで、なんでよ！　そんな女の何がいいの⁉」

一度凍《こお》りついたように止まったかと思えば、再び大声をあげ怒《いか》りに震《ふる》え出したドロテーア皇女に、辺りにいた人々もその怒声《どせい》が気になったのかこちらへと視線を向けてくる。

どうも彼女の怒りに触《ふ》れたのは、私たちがつけている指輪らしい。

「私の方がセオドアのこと幸せにできるのよ⁉　魔物との戦いなんかで危ない目にあわせないし、護衛みたいな真似《まね》しなくていい。欲しい物はなんだって手に入れてあげるし、貴方《あなた》が一番偉《えら》いのだと思える人生にしてあげる！　だから私を選びなさいよ！　そんな薄《はく》情《じょう》で私より劣《おと》った女じゃなくて！」

そう言って私をキッと睨《にら》むドロテーア皇女の目尻には涙が浮《う》かんでいた。両想《りょうおも》いなのだと知った以上セオドアを譲《ゆず》ることは決してできないし、きっと今まで手に入らぬものなど無かったのだろう彼女の強引なやり方は良くないと思う。けれど、彼を好きだというその気持ちはコルを見ていたから本物だと分かる。その上、今の発言も私が今までセオドアに冷たくあたってきたことも事実で、これといって何か言い返せるようなことは無かった。

しかしセオドアは彼女の言葉に不快そうに眉《まゆ》を寄せた。

「魔物の討伐《とうばつ》も、護衛も、僕が望んでしていることです。それに、エステルは薄情なんかじゃゃ」

「薄情じゃないって言うの？　私がどれだけ貴方にまとわりつこうが、怒るどころか注意すらしないこの女が？　パートナーの座を奪《うば》ってやったって、悲しむ素振《そぶ》りすら見せないこの女なんかより絶対私の方がセオドアのこと愛しているのだから！」

確かに私の今までの態度を見ればそう思うのも仕方ないだろう。……けれど。

「セオドアのことを一番愛しているのは私です……！」

それだけは譲れなくて、セオドアの前にずいと出てしっかり否定しようとすると、自分で思った以上に大きい声が出てしまった。真後ろから動揺したように身動《みじろ》ぎする気配を感じたし、街ゆく人たちにも聞こえてしまったようで、ヒューヒューと囃《はや》し立てる声が遠くで聞こえる。それが少し恥《は》ずかしいけれど、この際気にしている場合ではない。

「貴女の方が優《すぐ》れているという点も、セオドアを危険に巻き込むことも否定しません。私の今までの態度が悪かったことも全く否定できません。けれど、セオドアのことを一番愛しているのは絶対に私です。それは譲れません！」

「なっ……！」

そこまで言い切ると、ふいに後ろから腕《うで》が回ってきてグイッと引き寄せられた。私の肩《かた》口《ぐち》に額をぐりぐりと押し当てて「嬉《うれ》しい。でも絶対僕の方が好きな気持ちは重いです」と謎《なぞ》の対抗《たいこう》意識を燃やしている。こんな真剣な時に妙《みょう》な可愛《かわい》いことをするのはやめてほしい。

そんなセオドアのある種奇行《きこう》を見て、ドロテーア皇女はギュッとワンピースを握《にぎ》りしめた。

『何よ……最初からそうやっていれば、私が期待を抱《いだ》くことなんかなかったのに今更《いまさら》何なのよ……っ！』

「……もう、いいわ」

「ドロテーア！　何処《どこ》へ行くんだ！」

ふふっと不敵な笑《え》みを浮かべた彼女は踵《きびす》を返し、ディアークの制止も聞かずに何処かへ走り去って行く。

『ベール女をグローセ・ベーアに殺してもらえばいい。罪を着せるとか、そんなことよりその方がずっと早いわ』

どうやら作戦変更《へんこう》をしたらしく、今からその足でグローセ・ベーアの元に向かうつもりなのだろう。最終的にセオドアは私のパートナーとして参加することになったので、ターゲットがドロテーア皇女から私に変わることは寧ろ都合が良いかもしれない。いや、しかしそれだと皇弟を引きずり下ろすという目標が……と考えながらもその背を見ていた時。

——どこからかフラフラと現れてドロテーア皇女に近づいた誰《だれ》かのコルが、持っていたナイフで彼女の身体《からだ》をグサグサと刺《さ》し始めた。

『やっと見つけた……絶対に逃《に》がさないわ。必ず殺してやる！』

いくら読心魔法が使えるとはいえ、こうも殺意の高いコルに出会うことはなかなかない。その為《ため》突然《とつぜん》の事態に一瞬《いっしゅん》唖然《あぜん》としてしまったが、早くそのコルの本体にあたる人物を捜《さが》さなければと辺りを見渡《みわた》す。

『護衛が多くて近寄れないわね……流れ弾《だま》が周りの人にあたったら困るのだけど、やっぱり魔法銃《まほうじゅう》を使うしかないかしら』

魔法銃とは、例えば使用者が火属性ならば火の魔法を圧縮し、速度と威力《いりょく》を上げる言わば魔道具だ。通常は戦争や対魔物用である魔法銃を、こんな人が多い中で使われたらどれほど被害《ひがい》が及《およ》ぶか。しかもその口ぶりから察するに、余り扱《あつか》いなれていないようである。

いち早くそのコルの人物を見つけなければ。殺意に満ち溢《あふ》れたコルの栗色《くりいろ》の髪《かみ》はヴェルデではありふれているものの、服装が喪服《もふく》のように黒ずくめで浮いている。これなら見分けやすく目立つはず……とあちこちへ視線を送ると。

「エステル、どうかしましたか？」

「セオドア……ドロテーア皇女を追うわ」

私の様子がおかしいことに気がついたのか、セオドアが心配そうに声をかけてきた。そうしている間にも彼女はどんどんと離《はな》れて行ってしまうので、慌《あわ》てて彼の手を掴《つか》んで走り出す。人の声とは違い魔法であるコルの声は意識すれば多少離れていても聞こえるとはいえ、それにも限界がある。人混《ひとご》みに紛《まぎ》れてしまう前に追いつかないと。

「僕に何かできることはありますか？」

私の焦《あせ》りが伝わってしまったのだろう。そう問いかけてきた彼に、けれど説明している時間は無くて。

「いつでも剣《けん》を抜《ぬ》けるようにしていて」

「わかりました」

動きやすいようにと、掴んでいた手を離してそう頼《たの》めば真剣な顔で頷《うなず》いてくれる。頼《たよ》り甲斐《がい》のあるその表情に、最悪の場合は私が人間盾《たて》になれば良いかという考えは消えていく。

彼がいればきっと大丈夫《だいじょうぶ》。

そんなやり取りを交《か》わした、ほんの短い間に。

――バァンッッ……！

「きゃあああああ!!」

聞こえてきた銃声とドロテーア皇女の悲鳴に、私は離したばかりの彼の手をとった。こうなってしまっては低いところからちまちま捜している場合じゃないと、セオドアと共に近くの建物の屋根へと転移する。

突然の私の行動にも文句一つ言わず、落ちないよう支えてくれる彼のおかげで捜すことに集中できた。辺り一帯パニックになって人の動きが激しいが、それでも色を頼りに目を凝《こ》らす。

「黒、黒……――見つけた!」

蹲《うずくま》るドロテーア皇女から五メートルほど離れたところに、コルと同じ格好《かっこう》をした人物を見つけた。

「セオドア! あの全身黒服の女性を捕縛《ほばく》して!」

「仰《おお》せのままに」

セオドアに指示を出してその女性の背後に転移すれば、彼は難なく彼女の魔法銃を奪い取って取り押さえる。

「どうして分かっ――痛!」

「失礼。手荒《てあら》なことはしたくないので、できれば大人しくしていただけると助かるのですが……」

「離してよ！　離せ！　やっと皇女を殺せるところだったんだから！　邪魔《じゃま》するな!!」

必死に暴れるが、当然セオドアはビクともしない。

「おいっ、ドロテーア！　大丈夫か！」

「お兄様……」

「お前、髪が……」

ドロテーア皇女に駆《か》け寄ったディアークの声につられて彼女に視線をやり、ハッとする。彼女の長く艶《つや》やかな黒髪の右側が、首元から焼け落ちていたのだ。魔法銃の炎《ほのお》は罪の無い人々に当たることを恐れてか、その殆どが上空へずれ怪我人こそ出なかったものの、どうやら標的であるドロテーア皇女の髪を少しかすめていたらしい。混乱していた彼女もまた、ディアークに指摘《してき》されて初めて気がついたようだ。

「あ……ああ……私の髪……っ!!」

ヴェルデにおいて、髪の長さは地位の高さを表す。平民はどんなに長かろうと胸元《むなもと》まで。貴族は階級にもよるが、最長で膝《ひざ》まで。そしてディアークやドロテーア皇女の足首まではあろうかというほど長い髪は皇族だけに許された長さである。

そして貴族や皇族が髪を切るのは、罪を犯《おか》した時に、罰《ばつ》として。従って短髪《たんぱつ》とは即《すなわ》ち罪人の証《あかし》なのだ。そんな屈辱《くつじょく》をドロテーア皇女が許すはずもなく。

「許さない……あの女！」

怒りを隠すことのない彼女が、両手に水の玉を作りながらこちらにズンズンと近寄ってくる。それで窒息死《ちっそくし》させるつもりのようだ。勿論《もちろん》それを黙《だま》って見過ごす訳にもいかないので、彼女の前に立ちはだかる。

「……部外者はどいてなさいよ」

「いいえ」

「その女は不敬にも私の髪を燃やしたのよ!? 罰さないと気が済まないわ!」

確かに皇族の暗殺未遂《みすい》は反逆罪にあたる重罪だが、だからといって彼女の怒りのままにここで私刑《しけい》を下して良い訳ではない。

私とドロテーア皇女の険悪な関係では宥《なだ》めることは難しいだろうが、私には彼女を多少は落ち着かせる為の説得材料がある。そしてそれを使えば、誕生祭を乗り切れるかもしれない。そう考えて交渉《こうしょう》しようと口を開きかけた時、背後から唸《うな》るような声がする。

「髪がなんだっていうの……? あんたのせいで兄さんは死んだのに……!!」

「……は? あんたもあんたの兄も知らないわよ」

「私はイルゼ……イルゼ・クライスラーよ。ベルトラム・クライスラーの妹だと言えば分かるでしょう」

「ベルトラム・クライスラー……ああ、あのデザイナーね」

クライスラー、という名には聞き覚えがあった。確か今日、ドロテーア皇女がドレスを買いに立ち寄ろうとして、ベラが経営破綻《はたん》したのだと説明していた店の名前だったような。つまりこのイルゼという女性はその経営破綻したドレスショップのデザイナーの妹なのか。

「そうよ。あんたが誕生祭に着るって、とんでもなく豪華《ごうか》なドレスを三着も作らせたくせに、完成間近でやっぱりいらないって一マルクも払《はら》わなかったじゃない！　そのせいで皇女に認められなかったんだって言われて他《ほか》の注文もどんどんキャンセルされて……今まで稼《かせ》いだお金全部使っても人件費と材料費を払うことはできなくて……経営破綻して……」

『遺作になってしまったから……一着だけは売れなかったけど、残りは全《すべ》て借金返済の為《ため》に売ってしまった……』

皇女の誕生祭用のドレスともなれば相当値の張るものだろう。今着ている外出用のワンピースでさえ、大振《おおぶ》りの宝石があしらわれているのだから。それが三着、完成間近のキャンセル。その上皇女という身分のある者によるキャンセルはブランドの名を大きく傷つけたであろう。相当な痛手であることは想像に難《かた》くない。……が、彼女がそう訴《うった》える相手は、そんな想像をするつもりもないようで。

「仕方ないじゃない。セオドアと揃《そろ》いの衣装《いしょう》にしたくなったんだもの。作らせていたものはセオドアと並ぶのには相応《ふさわ》しくなかった、それだけのことよ。クライスラーはメンズは作らないって言うし、要《い》らないものに払うお金はないわ。だって税金の無駄遣《むだづか》いでしょう？」

「な……っ、そのせいで兄さんは自殺したのに……よくもそんなことが言えるわね!!」

「そんなの知らないわよ。材料費くらい事前に請求《せいきゅう》してなかったのが悪いんじゃない。それより貴女さっきから口の利《き》き方がなっていないわ。誰《だれ》に向かって話しているかわかっているの？」

「っ絶対に殺してやる！　離《はな》して！　離しなさいよ！」

全く悪びれる様子のないドロテーア皇女へ、今にも飛びかかりそうな勢いでイルゼが喚《わめ》き暴れているが、セオドアが取り押さえているだけあってやはりビクともしない。そのセオドアはというと困ったような顔で私の指示を待っていた。……そろそろ口を挟《はさ》ませてもらおうか。

「少しいいでしょうか」

地面に伏《ふ》しているイルゼの前にしゃがみ込み、視線を合わせる。怒り心頭《しんとう》に発している彼女も、流石《さすが》に第三者に対して激昂《げきこう》するのは憚《はばか》られたのか、その勢いは少し弱まった。それでも割り込んできた私に対して不満そうに眉《まゆ》を寄せている。

「何ですか……説教するつもりですか？　いくら聖女様のお言葉でも……」

「……綺麗《きれい》事を言うつもりはありません。けれど第三皇女殿下《でんか》は優《すぐ》れた水魔法《まほう》の使い手であり、護衛も大勢いますから、こうなってしまっては復讐《ふくしゅう》を遂《と》げることは難しいでしょう」

さっきはグローセ・ベーアの元に向かおうとしたドロテーア皇女が護衛を振り切ろうと、人混《ひとご》みに紛れに行った為に守りが手薄《てうす》になっていたが、今は近衛騎士《このえきし》たちが彼女を守るように取り囲んでいる。イルゼとて今から態勢を立て直すことの難しさくらい理解しているのだろう、悔《くや》しそうに歯を食いしばった。

「復讐も叶《かな》わず反逆罪で処刑されたら、お兄様が悲しむのは分かりますよね」

「そんなの……分かっています。でも、じゃあこの憎《にく》しみはどうしたら……っ！」

その双眸《そうぼう》から涙《なみだ》が溢《あふ》れ出す。大切な人を誰かのせいで失った悲しみや憎しみは、コルが見えていても計り知れない。だから彼女の復讐心を利用することに罪悪感を覚えるけれど……ここは心を魔王にしなければ。

「復讐するなとは言いません。けれど何もできずに終わるよりは、少しでも貴女《あなた》のお兄様が喜ぶ方法をとった方がいいでしょう？」

「喜ぶ方法……？」

「ちょ、ちょっと貴女何を言っているのよ！」

『聖女の末裔《まつえい》の癖《くせ》に、それも私の目の前で復讐を推奨《すいしょう》するなんておぞましい女！　セオドアったら、本当にこの女でいい訳？　聖女の固有魔法とやらで洗脳でもされているのかしら？』

苛立《いらだ》ちながらも様子を窺《うかが》っていたドロテーア皇女が会話の流れに焦《あせ》っているようだが、一旦《いったん》気にせず話を続ける。

「ええ。お兄様にとって……失ったら死を選んでしまうくらい大事なお店だったのでしょう？　でしたら貴女一人でも、またクライスラーのドレスを持っている数がステータスだと言われるくらいの人気ブランドに立て直して、その時にドロテーア皇女にだけは売らない、っていうのはどうでしょうか」

その提案にイルゼが何か返事をするより先に、後方からドロテーア皇女が怒声《どせい》を飛ばす。

「はぁ？　私に恥《はじ》をかかせるつもりなの!?　そんなこと絶対に許す訳ないでしょう!!」

「……ね？　こういう方にとって名誉《めいよ》やプライドって命と同じくらい大事なんですよ。勿論殺すよりはぬるい復讐になってしまいますが……。何もできないよりは、お店が戻《もど》る方がお兄様もお喜びになると思いませんか？」

ドロテーア皇女が誕生祭用に三着も依頼《いらい》したくらいなのだから、実力はあるだろう。無論、兄妹《きょうだい》の担当次第《しだい》では難しいだろうが……私の話を聞いて少しだけ目の光を取り戻したイルゼの反応を見るに、全く不可能という訳ではなさそうだ。

「ですが……そんなお金は、ありません。だから兄さんは……」

「そこは私に任せてください。ねえ、ディアーク」

「ん？　なんだ？」

しゃがんだまま彼のいる方を見上げれば、ディアークは歩み寄ってくる。

「ドレスが欲しいんだけど……そうね、迷惑料《めいわく》ってことで買ってくれない？」

「ほぉ、いいぜ。そこまで色は付けらんねえけど、出店くらいはできるだろう」

何か考えがあるのだろうと察してくれたらしい彼が、すんなり頷《うなず》いてくれる。それに感謝の言葉を述べてから、またイルゼへと視線を戻す。

「という訳で、売っていただけないでしょうか。……ね、一着くらい残していませんか？」

「で、ですがあのドレスは清麗《せいれい》な聖女様のイメージとは合いませんし、細かな宝石以外は外して売ってしまいました」

「心配しないでください。用途《ようと》はもう決まっているので」

場合によっては手持ちの宝石を使っても良い。そう思いきっぱり答えれば、イルゼは暫《しばら》く視線をさ迷わせたあと、ぽつりと呟《つぶや》いた。

「……未遂とはいえ反逆罪を犯《おか》したことには変わりません……」

「そうよ。その女は私を殺そうとしたのよ!? 簡単に許せば皇室の権威《けんい》を揺《ゆ》るがすわ」

ドロテーア皇女の言い分も尤《もっと》もだ。反逆を一度許せば次が出る。だから徹底《てってい》的に罰《ばっ》さなければならない。けれど政治的なものではなく個人的な復讐というイルゼの事情も考慮《こうりょ》すれば、私の話に乗る可能性は高いと踏《ふ》んで、立ち上がって彼女を真っ直《す》ぐに見つめる。

「そのことなのですが……二つ条件をのんでくださるなら、私がその髪《かみ》を元に戻して差し上げます。髪にも治癒《ちゆ》魔法が使えますから」

「…………え？」

その言葉に、ドロテーア皇女は自らの髪に手をやった。長さも左右で不ぞろいになり、熱で縮れてしまった毛先を切れば、肩《かた》にも届かぬ長さになるだろう。鏡を見ずとも触《ふ》れた感触《かんしょく》で自分の状況《じょうきょう》が分かったのか、彼女は難しい顔をして考え込んだ。

反逆罪を許すことで揺らぐ権威か、髪の長さによって失われる権威か——彼女のコルがその二つを天秤《てんびん》にかけながら暫く悩《なや》みに悩んだ結果。

『ベール女の言うことをきくなんて癪《しゃく》だけど……背に腹はかえられないわ。こんな髪では、常に手錠《てじょう》を着けて歩くようなものなのだから』

「……とりあえず聞こうじゃないの、その条件とやらを」

大変不服そうながらも、そう言って彼女はため息をついた。ひとまず交渉《こうしょう》のテーブルについてくれるのだと、ホッと胸をなでおろす。

会話がひと段落したところでイルゼの両腕《りょううで》を後ろで縛《しば》ったあと立ち上がらせると、復讐が失敗に終わった落胆《らくたん》や、それでも極刑《きょっけい》は免《まぬが》れることができそうだという安堵《あんど》からか、複雑そうな顔をしながらも私に問いかけてきた。

「聖女様は、どうしてそこまでしてくださるのですか……？」

「純粋《じゅんすい》な親切心じゃないんですよ。だから気にしないでください」

ドロテーア皇女に恩を売り、条件をのませたい。そうすれば誕生祭で皇弟相手に立ち回りやすくなる。思わぬ事態であったが、結果的に私にとってはプラスに働いた。このチャンスを逃《のが》す訳にはいかない。

「……場所を変えましょうか」

誕生祭まで、あと一日。

第六章　誕生祭

先々代の皇帝《こうてい》がアカルディに仕掛《しか》けた戦争中に竜《りゅう》が襲来《しゅうらい》し、エントリヒ領のいくつもの街が火の海になったあの時から、かの国に手を出すべきではないという意識が帝国全体に根付いた。そればかりか、敵国でありながら竜を退治してくれたとアカルディに深く感謝し、妙《みょう》な力を持った王族を崇拝《すうはい》する者たちまで出てきたのだ。しかし前皇帝はそれを黙認《もくにん》し、現皇帝である兄上に至ってはアカルディを友好国と認め、防衛費として多額の援助《えんじょ》までしている始末である。

吾輩《わがはい》はそれが気に入らなかった。何故《なぜ》大帝国であるヴェルデがあんな小国と仲良くせねばならぬのか。確かに竜の襲来によって被害《ひがい》は受けたが、予想外だった為《ため》に対処できなかっただけだ。次は備えておけば良いだけの話ではないか。

そもそも絶対君主たる皇帝を差し置いて信奉《しんぽう》するなど、反逆罪にしても良いくらいだ。にもかかわらずヴェルデの国教で信仰《しんこう》している神が愛した聖女の末裔なのだから、君主としてではなく聖女として信奉する分には問題ない、などと……。寧《むし》ろ聖女の固有魔法《まほう》だとかいう妙な力をもっているからこそ問題なのではないか。

人は自分にない強大な力を前にした時、大抵《たいてい》が恐《おそ》れるか崇《あが》めるかのどちらかだ。恐れるのであればまだ良いが、崇めるようなことは許されない。あの王族は皇帝の権威を、ひいてはヴェルデを揺るがす危険分子である。従ってアカルディは早々に支配下に置き、王族は根絶やしにするべきなのだ。

次期女王を贔屓《ひいき》しているディアークが皇帝になれば、今後もこの関係が続いていくのは間違《まち》いないだろう。それは何としても阻止《そし》しなければならない。だからこそ、アカルディに友好的な国民感情を覆《くつがえ》し、戦《いくさ》を仕掛ける大義名分が必要だった。

その為に、準備をして来たのだ。

吾輩がホールに入場した時には、既《すで》に忌《い》まわしきアカルディの王女——の格好《かっこう》をしたベラが、婚約《こんやく》者である小僧《こぞう》ではなく別の男と連れ添《そ》って歩いていた。所詮《しょせん》はただの婚外子だ、緊張《きんちょう》しているのであろうベラは少しぎこちない様子であったが、それは周囲からは婚約者を奪《うば》われた動揺《どうよう》だと受け取られるだろう。

「ドロテーア皇女殿下《でんか》並びにセオドア・キエザ伯爵《はくしやく》令息のご入場です！」

高らかなラッパが鳴り響《ひび》き、主役が入場してくる。王女が皇女に嫉妬《しっと》して暗殺を依頼したという動機を通す為には、ドロテーアが小僧をパートナーとしていなければ説得力が無い。

……が、ドロテーアは何分小僧のことになると暴走するきらいがある。次期王配とはいえただの伯爵家の跡取《あとと》りですらない小僧だ、帝国の皇女に脅《おど》され逆らえるはずがなかろうと考えてはいたが、計画通り小僧をパートナーにできていることに安堵した。

しかし、大階段の踊《おど》り場で挨拶《あいさつ》を始めたドロテーアは、揃《そろ》いの衣装《いしょう》を仕立てると息巻いていたにもかかわらず、色合いもデザインもバラバラだ。間に合わせられなかったのだろうか。……まぁ、そんな細かいことは良いだろう。略奪《りゃくだつ》の事実さえできたなら。

「本日は私の為にお集まりくださってありがとうございます」

我儘娘《わがままむすめ》と知れ渡《わた》っているドロテーアが殺されたところで、すぐに戦争というのは受け入れられないかもしれない。しかしそうやって私情で人を殺すような悪魔が次の女王となることが知れ渡れば、民《たみ》も考えを改めるだろう。

ドロテーアの挨拶が終わり、兄上が話し出すのを恭《うやうや》しい態度で拝聴《はいちょう》する。

……もうすぐ、もうすぐだ。

「では、乾杯《かんぱい》!」

その言葉が、合図だった。

——パン、パンパンッッ!!

「きゃあああ!!」

「ぐ、グローセ・ベーアだ……!」

「逃《に》げろ!!」

突然《とつぜん》の銃声《じゅうせい》に逃げ惑《まど》う人々で、会場内はパニックに陥《おちい》った。

ヒンダーン石によってこのホールでは魔法は使えない。そして、ヴェルデでは魔法を使わない銃火器の製造及《およ》び所持、他国からの持ち込みを固く禁止している。勿論《もちろん》魔法を使用しない爆弾《ばくだん》の類《たぐい》も同様だ。

しかしその銃や爆弾を違法《いほう》所持していると言われているのが、グローセ・ベーアである。従って銃声とグローセ・ベーアを結びつけるのは容易《たやす》い話。

そして、そのグローセ・ベーアは——私が作った組織だ。

帝国の影《かげ》は皇帝にしか従わない為、私には私の手駒《てごま》が必要だった。それに完全に影としてではなく暗殺組織として名を流しておけば、表には出てこない負の関係図や、殺しを依《い》頼《らい》したという弱みを握《にぎ》れる。金だって入る。

この世界において、強くなる為には継承《けいしょう》と経験が重要だ。しかし近頃《ちかごろ》は戦争も無く、兄上の善政によって治安も良い。従って大抵の者が経験が足りていないのだ。だが修練の為に幾度《いくど》となく危険地帯に送り込み、暗殺を繰《く》り返したグローセ・ベーアは、この国有数の騎士《きし》だろうと相手にはならない。

……相手にならない、はずだった。

「セ、セオドア！」

「大丈夫《だいじょうぶ》ですよ、僕がお守り致《いた》します」

突然の奇襲《きしゅう》にもかかわらず、小僧はどこかに隠《かく》し持っていた短剣《たんけん》で弾丸を易々と弾《はじ》くという人間離《ばな》れした動きをしたかと思えば、そのまま銃を持つ一人の手へと的確に短剣を投げ刺《さ》し、襲《おそ》いかかろうとしたもう一人の攻撃《こうげき》を難なく躱《かわ》し、目にも留まらぬ早業《はやわざ》で剣を奪ってあっという間に二人を戦闘《せんとう》不能にしてしまった。

苦痛の声をあげ地面に蹲《うずくま》る二人を呆然《ぼうぜん》と遠巻きに眺《なが》める。

……なんだ、このザマは。相手にならないのは、こちらではないか。

圧倒《あっとう》的な力を持ったグローセ・ベーアの中でも剣術に秀《ひい》でたフィーアとゼクスでさえ、憎《にく》たらしいアカルディの次期王配だとかいう小僧の前では、赤子の手をひねるような力量差だった。

「馬鹿《ばか》な……」

決して小僧を侮《あなど》っていた訳ではない。しかしこちらには武器があって、小僧は丸腰《まるごし》だ。何よりドロテーアに脅され、疎《うと》ましく思っている小僧が命懸《いのちが》けで守るような理由は無いではないか。その上政略的な婚約とはいえ、小僧は王女に入れ込んでいる。故《ゆえ》に、ドロテーアを放置してあの王女に駆《か》け寄るだろうと踏《ふ》んでいたのに。

そもそも何故、短剣を隠し持っていたのだ。当然会場への武器の持ち込みは禁じられている。着飾《きかざ》った相手への手荷物検査にも限界があるが……その検査で見つけられないような場所へ隠された武器は、奇襲に対応できる速さで取り出せるはずがない。つまり持ち込みの許可があったということだ。

何故？　バレていたとでも言うのか？　誰《だれ》かが裏切ったのか？　そもそもあと五人はどうした？　最初から全員でかかれば殺せたかもしれないというのに何をやっているのだ。

疑問は尽《つ》きないが、予定通り追及《ついきゅう》はせねばなるまい。残念なことにドロテーアは死ななかった為、大した結果にはならないだろうが……殺そうとした事実。これだけでも多少は禍根《かこん》を残せるはずだ。信奉している者共も少しは目を覚ますだろう。近くに控《ひか》えていたハンナヴァルト侯爵《こうしゃく》に目くばせをする。

「暗殺者共め、誰を狙《ねら》って来た！」

吾輩と同じ開戦派でありベラの父親でもあるハンナヴァルト侯爵は、威勢《いせい》良く取り押さえられている二人の前に歩み出た。

「……そこの皇女サマを殺しに来たんだ」

「誰の依頼だ。吐《は》け！　吐けば少しは罪が軽くなるやもしれぬぞ」

我が計画ながら白々しいことだ。誰の依頼だったのか、当然知っているに決まっている。

勿論グローセ・ベーアも計画のことは理解している為《ため》、ゼクスは予定通りの答えを吐いた。

「顔にベールを着けた女だ。そこまで言えば分かるだろう」

「何!?」

グローセ・ベーアは代理人による依頼を受けない。そんな噂《うわさ》はしっかり真実として認識《にんしき》されている。だからこそゼクスのその言葉に、示された女へと一気に視線が集まった。

「それはあの女だな?」

「……ああ。間違いない」

「なんと！　帝国《ていこく》の大事な姫君《ひめぎみ》を殺そうとしたのがアカルディの王女とは嘆《なげ》かわしい！」

アレはアカルディの王女ではなくベラだが、髪《かみ》の色も背格好も王女に酷似《こくじ》しており、立派なドレスとベールがあれば違いはさほど分からない。その上父であるハンナヴァルト侯爵に疎まれ、異母兄弟には暴力を振《ふ》るわれてきたこの娘は、唯一《ゆいいつ》の味方であった母親を人《ひと》質《じち》にとれば、どれほどの鞭《むち》打ちにも耐《た》え、何でも言うことを聞いた。これ以上ない人材であった。

忠誠心などそう易々と信じられるものではない。人々を支配するのは恐怖《きょうふ》なのだ。

「ええ、確かに私が依頼しました」

昨晩ベラには王女のフリをしてグローセ・ベーアに接触《せっしょく》させ、内一人をアカルディの護衛として城に手引きさせた。その姿は門番も、そしてベラの監視《かんし》として配置していた騎士も見ている。言い逃《のが》れは難しいだろう。

「そなたはヴェルデがアカルディを支援《しえん》している恩を仇《あだ》で返すというのか⁉　なぜそんなことを！」

「それは……」

本物の王女は郊外《こうがい》にある吾輩《わがはい》の別荘《べっそう》の地下室へ監禁《かんきん》している。ヒンダーン石で小さな空間を作り、その中に拘束具《こうそく》を着けた上で睡眠薬《すいみんやく》で眠《ねむ》らせている。更《さら》に万が一に備え、人質としてアカルディの使用人も一緒《いっしょ》に捕《と》らえているから逃げ出すことは無いはずだ。

あとは王女の姿をしたベラが、罪を認めるだけだ。

さあ言うのだ、ベラ。嫉妬に駆られたのだと。男の為なら人を殺すことも厭《いと》わぬ悪魔が次期女王なのだと知らしめるのだ。

さあ――。

「皇弟殿下《でんか》に、頼《たの》まれたからです」

ざわめく人々が次の言葉を待つ中、ベラがふいにフェイスベールに手をかけたかと思うと――それを取り払《はら》ってそう言った。

「……何を、やっているのだ」

しんと静まり返ったホールに響いた自分の声が、僅《わず》かに震《ふる》えていることを自覚する。予想だにしなかった突然の裏切り。

罪の意識にかられて母親を見捨てたというのか？　いや、この女の母親への思いはその程度ではないはず。どれほど鞭を打ち背中から血を流したとて、それでも母親を売ることはしなかったほどだ。だからこそこの女に任せたのだから。

「これは一体どういうことだ」

「こ、皇帝《こうてい》陛下……」

「父上、彼女なら昨日一緒にいたので知っていますよ。ハンナヴァルト侯爵の娘《むすめ》で――叔父上《おじうえ》の侍女《じじょ》ですね。……ベラ、どういうことか話してくれるか？」

グローセ・ベーアによる更なる追撃《ついげき》がないと踏んでか、兄上にディアークまでベラの元へと近づいてきてしまった。こうも堂々とフェイスベールを取り払われ、ハンナヴァルト侯爵に似た顔立ちを見せられれば誤魔化《ごまか》そうにも結果は目に見えている。それを知ってか知らずか、ベラは堂々と話を続けた。

「恐《おそ》れながら、皇弟殿下は私にエステリーゼ王女殿下のフリをするよう命じられました。そしてグローセ・ベーアにドロテーア皇女殿下の暗殺を依頼し、問いかけられれば罪を認めるように……と」

状況《じょうきょう》をのみ込めていなかった者共が一気に理解したようでざわめき始める。薄々《うすうす》そう察していた者はいただろう。私が反アカルディなのも、その為にディアークを何度も殺そうとしているのも、皆口にはしないが周知の事実であるのだから。ただ、その証拠《しょうこ》が何も無いと言うだけで。

ディアークをグローセ・ベーアに殺させなかったのは、流石《さすが》に大事な駒《こま》を失う訳にはいかなかったからだ。ディアークを狙わないからこそ、グローセ・ベーアと私の繋《つな》がりを感づかれることはなかったのだから。勿論《もちろん》今も、ベラの言い方ではその繋がりまでは知られることは無いだろう。

「クローヴィス、どういうことだ。こちらに来て説明せよ」

「……この女の妄言《もうげん》にございます」

それで誤魔化せる兄上ではないのは分かっているが、こうなっては最終手段をとる前に残りの五人が奇襲をかけてくるのを祈《いの》るしかない。

「は、はは。皇帝陛下、この娘は私を庇《かば》っているのです。ベラ、お前は案外父親想《おも》いの娘だったのだな。だからと言って嘘《うそ》の証言をするでない」

「嘘ではありません！」

ハンナヴァルト侯爵が吾輩を庇うべく自ら罪を認めるように語るが、兄上は吾輩への訝《いぶか》しげな視線を変えぬまま、問いかける。

「では本物のエステリーゼは何処《どこ》だ？　欠席の連絡《れんらく》など届いていないが」

「私奴《わたくしめ》が知っているはずがありません」

「一介《いっかい》の侍女が王女をどこかに隠せると？　転移魔法を使えるあの子を？」

ハンナヴァルト侯爵であれば、不可能ではないやもしれませぬ」

「ハンナヴァルト侯爵は良き理解者ではあったが、捨てても惜《お》しくはない。いつの日かアカルディを支配下に置く為なら分かってくれよう。

「それに、グローセ・ベーアは代理人による依頼《いらい》を受けないという話です。なんにせよこの女が依頼したというのなら、私は関係ありますまい」

そのままシラを切ろうとした、その時。

「貴方《あなた》がグローセ・ベーアを作った、言わば組織の主《あるじ》なのですから関係ない訳がないでしょう」

横から嘲笑《あざわら》うようにそう言ったのは……ドロテーアだった。

ドロテーアには、よく依頼をするだけの言わば上客なのだ、という話しかしていないはずだが、何故《なぜ》それを。

「それだけでなくアカルディの王女を誘拐《ゆうかい》し監禁するなど……流石に皇弟殿下といえど無罪放免《ほうめん》とはいかないでしょうね」

「……何を言っているのだ、ドロテーア」

「何を、と言われましても貴方がしたことではありませんか。証拠は既《すで》にあがっていますので、いい加減諦《あきら》めてください」

既に証拠があがっている、ということは、どうやらベラは急に裏切った訳ではなく、前々からあちらと手を組んでいたようだ。解毒剤《げどくざい》がなければ母親は助からないというのに、何故？　さては王女の治癒《ちゆ》魔法とやらに期待してか？　王女が見張りをつけた母親の居場所に辿《たど》り着けるかも分からない、そもそもそんな話をして受け入れられるかも分からないのに？

ドロテーアは言葉を失っている吾輩から視線を外し、蹲《うずくま》り両手を後ろで縛《しば》られているグローセ・ベーアの二人に向き直った。

「貴方もですが、そちらの——そうね。フェアドとケルビーも、あとの五人は何処にいると思って？」

何故、その名を。フェアドとケルビーとはこの二人、フィーアとゼクスの本名だ。その名をドロテーアやベラが知っているはずがない。知っているのは私とこの二人と、残りの五人……。

その意味を理解してゼクスが激昂《げきこう》する。

「っ仲間をどうした！」

そう大声を出して立ち上がろうとした瞬間《しゅんかん》、小僧《こぞう》によって即座《そくざ》に地面に叩《たた》きつけられる。

「僕は動いていいなどと、言った覚えはありませんが」

視線だけで射殺せそうな目をして、小僧は再びゼクスを拘束した。……いくら何でも格が違《ちが》いすぎる。これでは七人全員でかかったところで、多少時間が延びただけで結果は同じだったかもしれぬ。ここまで力量差があると分かっていたら、ドロテーアのパートナーになどさせなかったのに。

ギリと奥歯を噛《か》み締《し》める。自分が本当に殺される計画だったと知ったからか？　単純で扱《あつか》いやすい駒、という見方しかしていなかったドロテーアの冷めた目つきに何故という疑問ばかりが浮《う》かぶ。

「大人しく皇弟殿下との繋がりを白状すれば、悪いようにはしません」

「………分かった。すまない、主」

ドロテーアがフィーアとゼクスに対して温度のない声でそう告げれば、長く葛藤《かっとう》していたようだが、最終的には観念したように二人は項垂《うなだ》れた。

互《たが》いに仲間意識が芽生えてしまっているのを前から懸念《けねん》していたが、やはりこうなってしまえば自白するのも時間の問題だろう。この状況では口封《くちふう》じの為《ため》に殺すこともかなわぬ。

「連れて行け」

「はっ」

「……さてクローヴィス、お前にはまだまだ聞きたいことが沢山《たくさん》あるが」

しくじった。慢心《まんしん》し過ぎたか？　まぁ良い。

「できることなら、アカルディの落ち度にしたかったのだが……こうなっては仕方あるまい」

吾輩《わがはい》は、皇帝になりたい訳ではないのだ。ただヴェルデを絶対的な存在にしたいだけ。

その為にアカルディを侵略《しんりゃく》してしまいたいだけ。

だから別に、開戦の理由はこの際なんでも良いのだ。

「あの王女を殺してしまおう」

アカルディの人間たちが、次期女王を殺され黙《だま》っているような腑《ふ》抜《ぬ》けでないことを願ってそう言った。

——なのに、その次期女王に入れ込んでいる小僧ですら、少しの動揺《どうよう》も見せない。

「なんだ、やはりアカルディ人は薄情《はくじょう》だな」

皮肉たっぷりにそう言ってやるも、何故かドロテーアが私の前に立って睨《にら》みつけてくる。

「アカルディの王女を殺すなんて、無理ですもの」

「ふん、ベラを引き入れて良い気になっているみたいだが、王女を捕《と》らえているのはまた別の人間だ。それともなんだ？　奴らまで寝返《ねがえ》らせたと？」

「いいえ。その必要はありませんでしたから」

「……ドロテーア。お前はさっきから何なのだ」

王女に恨《うら》みを持っていたのはお前も同じではないか。そこの小僧を自分の物にしたいと言っていただろう。いつのまにお前までアカルディに寝返ったのだ。

　これ以上疑問を心にとどめておくことができずにそう尋《たず》ねれば、やっと聞いてくれたと言わんばかりにニコリと笑い、ベラが外したフェイスベールを受け取って――。

「ま、まさか……！」

「ええ」

　やけに慣れた手つきでフェイスベールを着け、吾輩がよく見知った顔を隠《かく》した。これでもかというほど目を見開けば、光の粒子《りゅうし》が天に昇《のぼ》るようにして……魔法《まほう》が、解けた。

「私はここにいますからね」

　そこに立っていたのはドロテーアではなく、郊外《こうがい》の別荘《べっそう》に監禁《かんきん》しているはずの王女だった。

　時は戻《もど》って――。
　髪《かみ》を元通りにする条件の話をする為、ディアークが経営しているホテルに場所を移した。帝都《ていと》にタウンハウスを持たない下位貴族が主な客層のそのホテルには、密談にうってつけの防音性の高い談話室があり、私とセオドア、それからディアークとドロテーア皇女にベラとイルゼの六人で部屋に入った。

本来ならヴェルデ側の護衛もいた方が良いだろうが、皇弟派の騎士《きし》が一人紛《まぎ》れ込んでベラの監視《かんし》をしていて。できれば皆《みな》退室させたいとディアークにこっそり相談すれば、セオドアのことを信頼《しんらい》して護衛役は彼一人で充分《じゅうぶん》だという判断をしてくれた。

ベラとイルゼのコルは、何故私がここに……？　と不安そうにしているけれど、後々話があるので待っていてほしい。

「第三皇女殿下《でんか》には、明日の誕生祭を欠席していただきたいんです」

「ハァ？　何を言っているのよ。私の誕生祭で私が欠席するくらいなら中止するわ」

まず一つ目の条件を――片側が短くなってしまった髪を隠すように編み込んだ――ドロテーア皇女にハッキリ伝えれば、不愉快《ふゆかい》そうに睨まれた。

「いえ、私が貴女《あなた》のフリをして出席しますから、正確には欠席というより隠れていてほしいのです」

「待ちなさいよ……貴女に私のフリなんか無理でしょう。生まれ持った華《はな》が違うし、第一その顔はどうするつもり？」

確かにヴェルデ一の美人と名高いドロテーア皇女に比べれば、華はないかもしれないが。それよりも顔を隠さなければならない私が、ドロテーア皇女のフリができるのかという問いに対する答えだけれど――。

「変装ではなく魔法で変身しますから、大丈夫《だいじょうぶ》です」

そう言って論より証拠《しょうこ》とばかりに魔法でドロテーア皇女の姿に変身する。キラキラと光が舞《ま》い散る中フェイスベールを外せば、その場にいた全員が驚愕《きょうがく》に目を見開いた。背後に立っていたセオドアなんか慌《あわ》てて私の真横に移動し、瞳《ひとみ》が宝石として転がり落ちてくるんじゃないかというくらい目をまん丸にして凝視《ぎょうし》してくる。

「……お前、変身魔法まで使えたのか？」

「ええ。できればこの魔法は一生使わずに終えたいと思っていたから、隠していたの」

この変身魔法についても、今までは母上と父上にしか話していなかった。知ってしまえば、この先ずっと目の前の人は偽者《にせもの》かもしれないと疑わせることになる。アリバイにも意味がなくなってしまう。それに転移に変身に……とあってはいよいよ暗殺者になれと言わんばかりのラインアップだ。

とはいえ、変身魔法も万能《ばんのう》ではない。再現できるのは人体のみで、服など身に着けているものは変身前後でそのままなのだ。今回は体型がさほど変わらないドロテーア皇女だから良いが、もし今、例えば筋肉の塊《かたまり》のような父上に変身したらワンピースが弾《はじ》け飛んでいただろう。だからその人らしい衣服等を用意しないといけない為、簡単に誰《だれ》にでも成りすませる訳ではない。

「それならなんで態々《わざわざ》私に変身して誕生祭に出るのよ」

『セオドアがパートナーになるのを阻止《そし》したいだけなら、そう言えばいいのに』

コルと共に首を傾《かし》げた彼女の疑問も真っ当だけれど……自分が良《い》いように扱われ、殺されそうだったことを聞くなんてショックだろう。しかもあんな狸爺《たぬきじじい》とはいえ身内に。

正直に言うべきか、何も知らない方が幸せか。躊躇《ためら》っている間にディアークが口を開いた。

「叔父上《おじうえ》はお前を殺すつもりだ」

「……は？　何の話……」

「暗殺未遂《みすい》の罪をエステリーゼに着せようとしていたんだろ？　叔父上はそれを未遂で終わらせるつもりはないらしい」

『叔父様が、私を……？』

コルさえ黙り込んでしまうほど、呆然《ぼうぜん》とするドロテーア皇女。イルゼだけならまだしも、身内から本気で死ぬことを願われているなんて、そう簡単に受け入れられる話ではないだろう。ディアークはもう二桁《けた》をゆうに超《こ》えるほど経験して、慣れてしまったようだけど。

「……俺はお前のことを好きじゃないが、死んでほしい訳でもない。殺されるのを黙って見過ごすほど嫌《きら》いでもない」

あまり兄妹《きょうだい》仲の良いとは言えない二人だけれど、ディアークがぽつりと呟《つぶや》いたその言葉は本心で。彼女にもそれが伝わったのだろう、やがて諦《あきら》めたように長いため息を吐《つ》いた。

「……どうせこの髪じゃ誕生祭なんか出られないわ。殺されるのも、嫌《いや》だし。その条件、のもうじゃないの」

「本当ですか？」

「そのかわり、くれぐれも！　私の品位を落とすようなことはしないで頂戴《ちょうだい》よ」

「はい、努力します」

良かった。ドロテーア皇女のフリをして誕生祭に出られるのならば動きやすい。いざとなったらネタばらしで本当の姿を見せて煽《あお》って、逆上し私を殺そうとするところを現行犯逮捕《たいほ》……といきたいものである。

「で、もう一つの条件はなんなのよ」

「……イルゼさんをどうか宥恕《ゆうじょ》していただけないでしょうか」

私の発言に、イルゼが息をのんだ。

「彼女のしたことは反逆罪よ。……下手すれば内政干渉《かんしょう》ととられる発言ね、それは」

「承知しています」

「そもそも何でそんなことを願うのよ？　偽善者《ぎぜん》の聖女様は慈悲《じひ》深くてお心も綺麗《きれい》なのかしら？」

若干《じゃっかん》殺気立ったドロテーア皇女から庇《かば》うようにセオドアが前に出る。彼は彼でドロテーア皇女のバカにしたような言い方に苛立《いらだ》ったようだ。が、自分が相当な無茶《むちゃ》を言っているのは分かっているので彼の手をひき、下がらせる。

「同情とか偽善ではありません」

「じゃあ何だというの」

「私が第三皇女殿下のフリをする時に、セオドアと揃《そろ》いのデザインのドレスを着たくないからです」

きっぱりと言い切ったその答えが意外だったようで、ドロテーア皇女はキョトンとしたあと、気が削《そ》がれたように片手を顔に当てた。横で聞いているベラやイルゼたちのコルまで『そんな理由？　もっとこう……崇高《すうこう》なことではなく？』と呆気《あっけ》にとられている。

けれどまごうことなき本心なのだから仕方ない。建前で話しても納得《なっとく》しないだろうし。

「……中身が貴女なのだから別にいいでしょう」

「良くありません！　第三皇女殿下とセオドアがそういう仲だって思われてしまうではありませんか。けれど第三皇女殿下の誕生祭ともなれば特別なドレスでないといけませんよね？　今から用意もできませんし、その点誕生祭用に仕立てていたイルゼさんたちのドレスがまだあるなら問題ないでしょう？　あっイルゼさん、急で申し訳ないのですが、先ほど買わせていただきたいといった一着を、明日の昼までに仕上げることはできますか？」

「え、えっと……外して売ったのは大きな宝石だけなので、寝《ね》ずにやれば間に合うと思います」

急に話を振《ふ》られた彼女は驚《おどろ》いたように肩《かた》を跳《は》ねさせたが、そう言ってコクコクと頷《うなず》いてくれた。

いくら自分とは言え、周りから見ればドロテーア皇女であることに変わりないのだ。それなのに揃いの衣装《いしょう》を着るなんて耐《た》えられない。完全に私情だ……けれど。

私情ついでに人助けもできて、ドレスが本来の用途《ようと》で使われれば一石二鳥だろう……というのが二つ目の条件。

「という訳でイルゼさんのドレスを着ていきたいんですけど……反逆罪になった方のドレスを誕生祭で着たら、それこそ品位が下がるでしょう？」

ダメ押しとばかりにあざとさを意識して、頬《ほお》に手を添《そ》えこてんと首を傾げる。するとギョッとした顔をしてドロテーア皇女が自らの目を覆《おお》った。

「っあああもう分かったわよ！　っていうかそろそろその魔法を解きなさいな！　私の姿で情けない顔しないで頂戴！」

「良かった……ありがとうございます！」

彼女ら皇族にとって髪《かみ》が凄《すご》く大事なことは分かっていたから、勝機はあったけれど。無事条件をのんでもらえてホッと胸を撫《な》で下ろす。フェイスベールを着けなおして、魔法を解いた。

「はぁ……でも目撃者《もくげき》が沢山《たくさん》いたから、そこはなんとかしなさいよ」

「ああ、目撃者については俺がどうにかするよ」

「ならいいけれど……」

ディアークには頼《たよ》りっぱなしで申し訳ないなと思いつつ、先ほどから注がれ続けていた真横からの視線が、ふいにしゅんとした気がしてそちらを見る。

「……なんでセオドアは残念そうな顔してるの？」

何故《なぜ》か私を見て眉《まゆ》を下げた彼に焦《あせ》りながら尋《たず》ねる。まさかドロテーア皇女の姿の方が良かった？　私のことを好いてくれているとは思うけど……外見は彼女の方が好みとか？

そんな私の考えが伝わったのか、セオドアは慌てて首を横に振った。

「別人の姿とはいえ、エステルの目を見たのは初めてだったので……」

「え、ま、まぁ……また明日時間はあるから、その時ね」

変身していても、セオドアはその姿をも私だと思うらしい。いくらクリアな視界とはいえ、私としてもフェイスベールが肌《はだ》に触《ふ》れる感覚なしに人と話すことは滅多《めった》にないから、なんだか急に緊張《きんちょう》してきた。うっかりいつものように視線をキョロキョロさせないように気をつけねば。

……と、今はこんな話をしている場合ではない。

「それからベラ」

今度はベラに声をかける。名前を呼ばれた彼女は、処刑台《しょけいだい》に上がる前の罪人のような顔をして一礼した。

『皇弟殿下《でんか》の企《たくら》みがバレているってことは……私のことも分かっていらっしゃるんだわ。ごめんなさい、お母さん……守れなくて……』

「ええと、貴女《あなた》のお母様……良かったら私が治癒魔法《ちゆまほう》で治しましょうか？」

「え？　な、何故、それを……」

コルがまるで切り落としてくださいと言わんばかりに、首を差し出すような姿勢になったので慌《あわ》てて本題に入った。ベラは言葉の意味は分かるけど理解が追いつかないかのように、瞬《まばた》きを繰《く》り返す。

「勿論《もちろん》タダで、とは言いません。私たちの味方をして皇弟殿下の指示であることを証言してくださるなら、今すぐにお母様を治して、皇弟殿下の手の届かないところに匿《かくま》って差し上げます」

「……！」

彼女は母の為《ため》ならなんでもするだけで、罪悪感がない訳ではないようだった。できることなら悪事に手を染めたくないけれど、母の命の前では些細《ささい》なことだ……と。だからこそ、治癒魔法の使える私ならば寝返らせることは簡単だと思う。

その予想は当たっていたようで、私の話を理解したらしいベラの瞳《ひとみ》には次第《しだい》に涙《なみだ》が溜《た》まり始めた。

『お母さんに盛られた毒は、解毒剤《げどくざい》を飲んでも完治はしないし、後遺症《こういしょう》は残る。それどころかきっとこれからも母を人質《ひとじち》にして私を……。でも、聖女様の治癒魔法なら――』

「お願いします……どんなことでも協力しますから……母を助けてください……っ」

私に解毒されることを想定しなかった、皇弟の慢心《まんしん》だ。まぁそもそも心を読む魔法がなければ私とて彼女の事情は知り得なかったから、仕方の無いことだけれど。

ポロポロ零《こぼ》れる透明《とうめい》な雫《しずく》が、ベラの足元に染《し》みを作っていく。立ち上がって彼女に歩み寄り、その手をしっかりと握《にぎ》った。

「ええ、必ず」

自分の野望の為に周囲を巻き込む皇弟には、聖女の末裔《まつえい》に、ひいてはアカルディに喧嘩《けんか》を売ることがどういうことなのか、いい加減しっかり分かってもらわなければならない。


それからは、かなり忙《いそが》しい時間を過ごした。

まずはベラの母親がいるという場所までセオドアとベラを連れて転移し、すぐさま治癒魔法をかけた。ベラはすっかり元気を取り戻《もど》した母と泣きながら抱《だ》き合っていて、こちらまで良かったなぁと感慨《かんがい》深い気持ちになりながらも周囲を警戒《けいかい》する。

家の外にいる見張りが異変を皇弟に報告しないよう、何か対処をしなければ……そう私が呟《つぶや》くと、セオドアがどこに持っていたのか吸うタイプの睡眠薬《すいみんやく》を取り出して。

「これで半日は起きません」

と、まるで夕食の魚を捌《さば》く料理人のような淡々《たんたん》とした手つきで見張りたちを眠《ねむ》らせていった。確かに馬車なら一日かかる距離《きょり》だから、それなら誕生祭までに知らせが来ることはないだろうが……。

どうして睡眠薬を持っていたの？　と聞くと、次期王配として様々な有事に対応できるよう教育を受けていますからと返されて、理解が及《およ》ばず遠い目になった。次期王配教育……何をやっているのか知りたいような知りたくないような。

その後《ご》ベラの母親を連れ、今度はディアークと共に、皇弟側の人間にバレないよう転移で城に戻って両陛下に事情を報告した。皇帝《こうてい》陛下は話を一通り聞いた結果胃痛を訴《うった》えていたけれど、心因性のそれは治癒したところで原因を取り除かない限りは再発してしまうだろうから、力及ばず申し訳ない。

一方皇后陛下は、息子《むすこ》を何度も殺されそうになっているのにもかかわらず、首謀者《しゅぼうしゃ》である皇弟を証拠不充分《しょうこふじゅうぶん》からどうにもできない夫に痺《しび》れを切らしていたようで。喜んでベラの母親を匿うと協力を申し出てくださった。

「本当にありがとうございます……っ。私にできることならば、なんだって致《いた》します！」

そんなこんなでベラが皇弟を捕《と》らえる為の味方をしてくれることになった。逆上した皇弟にやられないよう、彼女が私のフリをして出席する誕生祭ではロランドにパートナー兼《けん》護衛を任せる。彼の正装を用意しておいて良かった。

そしてその晩。皇弟の指示で、ベラが私のフリをしてグローセ・ベーアに接触《せっしょく》する手筈《てはず》のところを、実際に私が行くことにした。セオドアは危険だと反対していたけれど、誕生祭で王女役であるベラが襲《おそ》われる可能性は無いはずだ。周囲への被害《ひがい》を最小限にする為には情報は多い方が良いと、すぐ傍《そば》に隠《かく》れて守ってくれたら良いとセオドアをなんとかなだめすかして城を出て、指示されたとある酒場にたどり着く。

そこで待っていたのはアインスという青年だった。

「やぁ、主《あるじ》から君が来るって話は聞いているよ。そのヘンテコなベール、良くできてるね。うんうん、本物の聖女サマみたいだ」

「貴方《あなた》一人ですか？　他《ほか》の方は……」

「もう城に侵入《しんにゅう》済み。俺も君に会ったら続く予定だったけど、なんなら一緒《いっしょ》に行く？」

「そうですね、ご主人様からこれに着替《きが》えるようにと」

随分《ずいぶん》と気安い暗殺者に呆気《あっけ》にとられながらも、皇弟からの指示で持ってきていたアカディの略式の軍服を渡《わた》す。王女の手引きでグローセ・ベーアが侵入した、という筋書きの為だ。警戒されぬよう本番までは極力疑わしい動きは避《さ》けたいし、昼間ベラを監視《かんし》していた皇弟の騎士《きし》のコルが、すぐ傍で私をじっと見つめている。本体は隠れているのか見当たらないものの、今も監視されていることは間違《まちが》いないだろうから指示通りに動く。着替えてきたアインスと共に城へ戻る途中《とちゅう》、怪《あや》しまれない程度に探《さぐ》りを入れた。彼が主と呼ぶ男が皇弟であることはコルの話を聞くまでもなかったが。彼のコルから、あろうことか皇弟がグローセ・ベーアを作ったと知る。……暗殺組織を作るとは、規格外に傍迷惑《はためいわく》な爺《じじい》だ。

「ご主人様のところへ案内いたしましょうか？」

「いや、いいよ。繋《つな》がりがバレたらまずいしね。あとは各自自由行動〜って感じ」

城に侵入してから彼に皇弟と接触するのか問いかければ、そんな呑気《のんき》な答えが返ってくる。完全に互《たが》いを信頼《しんらい》し合っているらしい彼らは、襲撃《しゅうげき》前にリスクを冒《おか》してまで集合することはないようだ。それを聞いて、早速《さっそく》何人かを捕《つか》まえる為動くことにした。

「なら、まずは貴方ね」

「な、」

監視の騎士が離《はな》れたタイミングでアインスの手を摑《つか》めば、すぐに私の行動を予測し傍に来たセオドアの手も取り、ヒンダーン石でできている地下牢《ちかろう》へと転移する。

突然《とつぜん》の事態に呆然《ぼうぜん》と言葉を失ったアインスは、セオドアによってあっさりと手錠《てじょう》を着けられた。……睡眠薬に引き続き、その手錠は何処《どこ》から出てきたのだろうという疑問は一旦《いったん》置いておく。

「……転移って、本物かあ」

「ええ。手荒《てあら》なことはしたくないので、他の方の情報を吐《は》いてくださると助かるのですが」

「さっきも言っただろ？　あとは自由行動だってね」

『直前まで他の奴《やつ》らの行動は本当に知らないから、吐く情報は無いんだよなぁ。乾杯《かんぱい》が合図ってくらい？　あーあ、拷問《ごうもん》されたらどうしよう』

この期《ご》に及んでコルまで呑気な姿に拍子抜《ひょうしぬ》けしつつも、地道に捜《さが》すしかなさそうだとため息をつく。

不思議なことに——たとえ変装していても、コルの髪《かみ》や目の色、顔立ちを元の姿から変えることはできない。このアインスという青年もアカルディ人に多い赤髪の鬘《かつら》を被《かぶ》っているが、コルはアッシュゴールドだった。勿論変える必要のない色の人間もいるだろうが……それを目印に目星を付け、侵入済みだという他の仲間を見つけなければ。

捜すにあたって、傍で守りたいというセオドアの望みをかなえる為、私はドロテーア皇女に変身することにした。表向き仲たがいしている状態の私とセオドアの二人で行動する訳にはいかないし、私は使用人への変装が容易にできるものの、彼の輝《かがや》かしく印象的な容姿では難しい。

その点ドロテーア皇女の姿であれば、彼を引き連れて城内をうろついても皇弟視点では違和感《いわかん》が無く、グローセ・ベーアも明日殺す予定の彼女を目の当《ま》たりにすれば何かしらコルが反応するかもしれないと踏《ふ》んだのだ。

とはいえ既《すで》に時刻は夜。その上ヴェルデは魔法列車でさえ一日二日では到底《とうてい》横断しきれないほど広大な国の為《ため》、前乗りしている招待客はかなり多く、それは中々骨の折れる作業だった。

セオドアのことだから、仮にグローセ・ベーアが七人全員いても大丈夫《だいじょうぶ》だろう。しかし私が無事でも周りの無関係な人が巻き込まれてはかなわない。従って、狸爺《たぬき》を陥《おとしい》れる為に実行犯として最低二人くらいは泳がせるとして、せめて半分……できれば半分以上は見つけたい。

そうして気合いを入れ、理由を付けては客室を回り。

「夜分遅《おそ》くにごめんなさいね。お祝いの品がとても嬉《うれ》しかったから、お礼を言いに来たのよ」

「いえいえ！　お喜びいただけたこと、光栄にございます」

『皇女はこの男と親しかったのか？　主からそんな話は聞いていないが』

本人とコルの容姿が一致《いっち》しない使用人がいれば声をかけ。

「……貴方、見ない顔ね。最近雇《やと》われたのかしら？」

「だ、第三皇女殿下《でんか》！　お、おお、おこえがけ、い、いただき……」

『ターゲットのお嬢《じょう》ちゃんじゃねぇか。明日ぶっ殺すのが楽しみだぜ』

――苦労の末にアインスを含《ふく》めた五人を見つけ捕らえることができて、別々の地下牢へと捕《と》らえ尋問《じんもん》を行った。

それぞれが客人や給仕《きゅうじ》としてホールに侵入し、乾杯の挨拶《あいさつ》を合図に奇襲《きしゅう》を仕掛《しか》けるのだとか、まず四人が突撃《とつげき》して、残りの三人はフォローや万が一捕らえられた場合に客から人《ひと》質《じち》を適当に捕まえて脅《おど》すのだとか、他にも彼らの本当の名前等、頑《かたく》なに口を割らない本人ではなくコルから聞き出した。何も話さない彼らにあまり焦《あせ》る様子のない私を、セオドアは少し不審《ふしん》に思ったかもしれないが。彼と結婚《けっこん》すると決意したので、多少は察せられても良いかと考えている。

さらに夜が更《ふ》けた頃《ころ》。私はアカルディの侍女《じじょ》の格好《かっこう》をして、客室に誘拐《ゆうかい》犯が来るのを隠れて待った。本当はこちらも実際に私が誘拐されるつもりだったのだが、セオドアから流石《さすが》に危険だと、頼《たの》むから御身《おんみ》を大事にしてほしいという旨《むね》をこんこんと諭《さと》され、髪色の近い女性騎士に私のフリをしてもらうことになったのだ。

そして疲労《ひろう》から眠りに落ちてしまいそうなほどの深夜に侵入者がやってきて、騎士は拘《こう》束《そく》具を着けられた上で人一人がギリギリ入る程度の小さな箱らしきものに入れられた。この時点で捕らえてしまいたい気持ちはやまやまだが、皇弟には予定通り王女を誘拐し監禁《かんきん》していると思い込ませなければならない。

その後《ご》風魔《まほう》法を使った身軽な動きで窓から脱出《だっしゅつ》していった侵入者は、荷馬車に騎士の入った箱を載《の》せる。更《さら》に別の場所から男が合流したかと思えばもう一つの箱を持っており、それも荷台に載せ何処かへ去っていく。最終的には私を暗殺の首謀者として処刑《しょけい》する計画だろうから、現時点では手荒な真似《まね》はされないだろうが……。

「やっぱり、今捕まえてしまった方がいいかしら」

「いいえ、様子を見ましょう。皇弟に怪しまれてはいけないのでしょう」

「でも、あの子たちに何かあったら……」

「大丈夫です。何か起こる前に、僕が必ず止めますから」

心配な気持ちこそ消えないものの、セオドアがそう言うなら大丈夫だと思える。

そうやって燻《くすぶ》る不安を彼の真っ直《す》ぐな言葉に溶《と》かしてもらいながら、ガタゴト揺《ゆ》られるその馬車を転移しつつ追うこと体感一時間。木々に囲まれた一見何てことはない平屋が目的地だったようで、男たちが箱を下ろしよいせよいせと運んでいく。

「俺はあの方に報告をしに戻《もど》る。お前らは人質をあの部屋に移しておけ」

「はいよー」

物音を立てないよう様子を窺《うかが》いながら尾行《びこう》すると、男たちは地下へと下りて行った。そしてギィィと重厚《じゅうこう》そうなことが窺える音を立てながらドアを開け、室内に消える。セオドアに誰《だれ》か来ないか見てもらい、私はドアに耳をあて中の音を聞いた。

「命が惜《お》しければ、ちゃんと王女サマに逃《に》げないようお願いしてくれよな」

「はっ、残念ね。殿下の足手まといになるくらいならこんな命いらないわ」

声は人質として捕《と》らわれた私の侍女の一人であった。彼女には事情を説明していないにもかかわらず、この状況《じょうきょう》においてあまりに勇ましい。ハラハラしながら続きを聞く。

「おいおい随分強気だなぁ。もう分かってると思うが、ここじゃ魔法は使えないんだぜ?」

「魔法が使えないからと言って、あなたみたいな弱い人を恐《おそ》れる理由にはならないでしょう」

んんっ、アカルディの女性は総じて気が強くって困ってしまうわ!

なんて思いながらも反感を買うその言葉に慌《あわ》ててセオドアの服の裾《すそ》を摑んで室内へ転移した。予想通りカッとなったらしき見張りの男が侍女に手を振《ふ》り上げているところで、その腕《うで》を軽々と受け止めたセオドアがそのまま投げ飛ばす。馬乗りになって動きを封《ふう》じ込め、あっという間に気絶させてしまった。

状況把握《じょうきょうはあく》と判断が早くて有り難《がた》い限りである。

「セオドア、ありがとう。……貴女《あなた》も、巻き込んでしまってごめんなさい。怪我《けが》はありませんか?」

「は、はい。私こそ捕まってしまい申し訳ございません……」

『殿下にご迷惑をかけてしまった……不甲斐《ふがい》ないわ……』

先ほどまでの威勢《いせい》の良さとはうってかわって、がっくりと肩《かた》を下げ落ち込んだ様子の侍女のコル。私が連れ去られる計画があることは一部にしか周知しておらず、結果として事情を知らなかった彼女に心労をかけて申し訳ない。

誘拐されることは事前に分かっていたが、連れ去られたということにしておきたかったと説明し、その為に心苦しいが誕生祭が始まる頃までここに待機してほしいと頼むと、いくらか罪悪感は薄《うす》れたようだった。その後私の身代わりとなってくれていた女性騎士《きし》も救出する。

場所が把握できたところで一度転移で城に戻り、ディアークから騎士を借りる。人質役でここに残る彼女らの護衛と、いざという時に証人になってもらう為だ。転移による魔力消費を抑《おさ》える為連れてきたのは二人だけだが、誕生祭が始まる時間になれば、更にヴェルデの兵たちが乗り込むことになるだろう。

「さて、ここにいる人たちにこちら側についてもらうか、様子を見に来た人全員捕らえるかだけれど……」

「ああ、それでしたら僕が」

セオドアはそう言って、私や侍女たちを部屋から追い出した。

「見苦しいかと思いますので、皆《みな》さんは少しだけ上で待っていてくださいね」

『王配殿下からはお墨付《すみつ》きをいただいたけれど、実践《じっせん》は久しぶりだから上手《うま》くやれるか少し心配だな……』

私に関《かか》わること以外は比較的《ひかくてき》まともなセオドアのコルの声だったから、恐らく事実なのだろう。父上からのお墨付き？　実践は久しぶり？　と疑問に思いつつも上へ戻れば、暫《しばら》くすると地下から何かに形容するのもはばかられるようなおぞましい断末魔の叫《さけ》びが聞こえてきて。

「……君たちは、攫《さら》う時に彼女が王女ではないと気がつかなかった。そして王女は箱の中で目覚めた様子はなくずっと眠《ねむ》っている。それから、他《ほか》の見張りと交代はしないこと。誰か仲間が来ても、決して立ち入らせないこと。分かった？」

「か、かかかか、かし、かしこまりましたっ」

「もし裏切ったら、」

「ううう裏切りません！　決して！　ですからどうか！」

『もう一度あんな目にあうくらいなら皇弟殿下《でんか》に殺された方がましだ……！』

暫くして、異常なほど怯《おび》え震《ふる》える体を掻《か》き抱《いだ》くようにした男たちと、若干《じゃっかん》の達成感を顔に滲《にじ》ませたセオドアが戻ってきた。

「お待たせしました。多分、大丈夫《だいじょうぶ》だと思います」

うまくいって良かったとでもいいたげな、あどけない笑顔《えがお》に私は今度こそ天を仰《あお》いだ。

父上……一体セオドアに何を教えたんですか。……やはり彼とは私が必ず責任を持って結婚しよう。そう改めて決意した瞬間《しゅんかん》だった。

そのあとはドロテーア皇女の部屋に行き、再び彼女の姿に変わって、イルゼが徹夜《てつや》で用意してくれたドレスを身にまとい、ドロテーア皇女として準備をして——。

「私はここにいますからね」

エステリーゼの姿に戻った今に至る、という訳である。

本来の姿に戻った私を見て、憎々《にくにく》しげに皇弟は唸《うな》った。

「はは、何でもありだな。……やはり世界平和の為《ため》に死んではくれないか」

「残念ですが、ご期待には添《そ》えそうにありません」

「何故《なぜ》だ。お前自身分かっているだろう？　変身に転移に……お前がいるだけで、いつ殺されるか分からない恐怖《きょうふ》に皆が苛《さいな》まれ続けることになる。その存在そのものが脅威《きょうい》だ！

……聖女ではなく、魔王の末裔《まつえい》の間違《まちが》いではないのか？」

「叔父上《おじうえ》！」

アカルディの王族に対して考えうる限り最大の侮辱《ぶじょく》に、ディアークは怒声《どせい》とも悲鳴ともとれぬ声をあげ、セオドアは怒《いか》りをあらわに剣先《けんさき》を皇弟の喉元《のどもと》へと突《つ》き付けた。

「命が惜しくないようだ……！」

「待ってセオドア、いいの」

「ですがエステル……たとえ貴女が許しても僕は許せない！」

変わらずピタリと剣先が喉に触《ふ》れた状態で、セオドアは皇弟を睨《にら》みつける。私の為に怒《おこ》ってくれるのは嬉《うれ》しい。けれどいくら罪人とはいえ皇弟に剣を突き付けるのは良くないので、その手を取って下ろさせる。不満げな彼がまた襲《おそ》いかからぬよう、そのまま皇弟から距離《きょり》をとった。

「仕方ありません、過ぎたる力であることは事実ですから」

皇弟の気持ちも全く理解できない訳ではないのだ。私の魔法《まほう》があれば他国の要人を殺すことさえ、それこそ皇弟が大事に大事に育てたグローセ・ベーアよりも容易《たやす》くこなせる。敵に回せば脅威だろう。本来あるべきパワーバランスを壊《こわ》しているのだから。

「けれど勿論《もちろん》、悪事の為には……ましてや人を殺す為に使うつもりは無いのです」

やろうと思えば皇弟だって殺せたのだ。戦争になったとて、皇帝《こうてい》陛下を殺せばそれで終わりなのだ。

けれど当然ながらそんなことはしたくない。聖女の魔法は大切な人を守る為のもので、人を殺す為の力ではない。そんなことにこの力を使ったら皇弟の言う通り、それは人ならざるもの……ただの魔王だ。

アカルディの騎士や兵士たちの力だって、本来は魔物から大切な人や国を守る為につけた力だ。戦争で人を殺す為ではない。

だから、未然に防ぎたい。

「そんなもの、口ではどうとでも言える」

「そうでしょうね。ですから――使おうと思わせないでください」

そう言い返すと、皇弟は恨《うら》めしそうにしながらも口を閉《と》ざした。

『神様気取りの化け物め……ヴェルデの絶対君主制が揺らがぬ為には、何としてでもこの王女は殺さなければなるまい』

表向きは大人しくしているが、コルが殺意をあらわに懐《ふところ》から出した銃《じゅう》を構えたので警戒《けいかい》心《しん》を強める。皇弟のそのような内心を知る由《よし》もなく、皇帝陛下が騎士たちに指示を出した。

「彼らを西の黒塔《とう》へ」

「はっ」

騎士たちが皇弟とハンナヴァルト侯爵《こうしゃく》、そしてグローセ・ベーアの二人を連行すべく、一歩踏《ふ》み出した時。

「開戦は諦《あきら》めよう。……それでもお前は、今、何としてでも殺す」

大人しく捕らえられるかと思われた皇弟がそう言うと、背後から誰《だれ》かが斬《き》りかかってきた。

「……ッ！」

混乱からざわめく人々やコルの数多《あまた》の声から、皇弟やハンナヴァルト侯爵らのそれを聞き分けることに精一杯《せいいっぱい》で彼の接近に気づけなかった。しかし私に対する殺意に敏感《びんかん》なセオドアは、その不意打ちも察知して突然《とつぜん》の斬撃《ざんげき》を剣で受け止める。

長い剣を持ったその男は、その服装から会場内の壁際《かべぎわ》に控《ひか》えていた皇弟の従者の一人だと分かる。

「チッ、躱《かわ》されたか……まぁ良い。刺《さ》し違えてでも殺《や》れ！」

「仰《おお》せのままに」

皇弟の言うことは絶対とでも言いたげな彼は怯《ひる》むことなく追撃して来た。セオドアからの攻撃《こうげき》を避《よ》けようとしない、自らの命すら軽く扱《あつか》うような皇弟の従者の捨て身の動きは、私を庇《かば》い周囲も巻き込まないようにしつつ、彼にも極力怪我《けが》をさせないよう立ち振《ふ》る舞《ま》うセオドアにはやり辛《づら》そうだ。

しかしそれも短い間のこと。やがて剣を奪《うば》い取ったセオドアが、倒《たお》れ伏《ふ》した男の首にその切っ先を突き付ける。

「無駄《むだ》な抵抗《ていこう》は止《や》めてください」

「無駄？　それはお前が決めることじゃない」

セオドアをそう挑発《ちょうはつ》したかと思えば、彼はふいに身体《からだ》を起こすように頭を振った。

「なっ⁉」

突き付けられた剣へ自ら刺さりに行くような動きに、セオドアが気をとられたその刹那《せつな》。

「――死ね！」

聞こえてきた物騒《ぶっそう》な言葉にバッと皇弟へ視線をやれば、彼は私に向かって銃口を向けていた。すぐさまセオドアが反応して伏した男の鳩尾《みぞおち》に足で容赦《ようしゃ》のない一撃を与《あた》え、私を庇うように立つ――が。その射線はフェイントだ。

『王女を直接狙《ねら》ったとて、やはり小僧《こぞう》に庇われる。……だが』

何故ならコルは私ではなく、会場の方へ銃口を向けているから。

『お優《やさ》しい聖女サマなのであれば、赤の他人でも庇う為に転移してくるだろう……！』

恐《おそ》らく皇弟は、私をセオドアから引き離《はな》す為に、罪の無い人々へと発砲《はっぽう》しようとしているのだ。

「やめて！」

正直なところ昨日から魔力を使いすぎて、もう沢山《たくさん》の人を治癒《ちゆ》するだけの余裕《よゆう》が無い。せいぜい一人か、二人だから――そんなことを考える余裕は、一拍《いっぱく》ほどしか無かった。

「エステル！」

――パン、パン！

耳をつんざくような銃声は、昨日今日だけで何度聞いたことだろう。けれど続いた苦しみの声に目を見開く。

「があぁっ、小僧……!!」

「っぐ、ぁ……っ」

私の目前で、セオドアと皇弟が血を流して倒れていたのだ。

「セオドア……!?　どうして……!!」

先ほど私は皇弟の前に転移した。隙《すき》をついて銃を奪おうと、その時間的余裕が無ければ自分が盾《たて》になろうと。意識さえ失わなければ治癒魔法でどうにでもなるから、少しでも下へ射線を逸《そ》らせれば良い……そう考えて、一人で転移したはず。

——なのに、おいていったはずのセオドアが私と共に転移していたのだ。

私と転移したセオドアは皇弟の前に立ったあと、すぐに銃を持つ彼の腕《うで》を切りつけた。痛みで銃を手放した皇弟だったが、しかし一瞬《いっしゅん》引き金を引くのが先だったのか、放たれた弾丸《だんがん》は射線をずらし、セオドアの腹部に命中してしまった。

「ああ、私が……ごめんなさい……っ今、治癒魔法、かけるからっ」

倒れこんだセオドアに手をかざすが、どくどくと溢《あふ》れる血に気が動転して、早くしなきゃと思うのに、泣いている場合じゃないのに視界が潤《うる》んでしまって、こんな大事な時になって魔法が上手《うま》く使えない。

「エス、テル。っ、大丈夫《だいじょうぶ》……大丈夫、ですから」

痛みを堪《こら》えるように途切《とぎ》れ途切れに言葉を紡《つむ》ぐセオドアが、震《ふる》える私の手に彼のそれを添えた。けれどいつも私に毒を吐《は》くコルさえ、血を流してぐったりと倒れていて、それが余計に恐ろしくて。

「大丈夫じゃない！　こんなに、血が——」

「ふふ……貴女《あなた》だって、撃《う》たれるつもりだったくせに」

「私はいいの！　治せばいいんだから……」

「良くないです。痛いことに、変わりはないし、貴女は次期女王で、何より、僕の最愛の人なのですから。……それに」

猛烈《もうれつ》な痛みに襲《おそ》われているはずのセオドアは、それでも愚《おろ》かな私に対して穏《おだ》やかに微笑《ほほえ》んだ。

「もう僕は、強い貴女から守られて当然の、弱い者ではない、ので」

「……っ、それ──」

強い者が弱い者を守るのは当然のこと──幼い頃《ころ》、一度だけとある男の子に投げかけたことのある言葉だ。男の子のショックを受けたような反応に傲慢《ごうまん》だったと反省し、それ以外で言ったことはない。だからそう、彼は、確かロランドに虐《いじ》められていた……。

「とはいえ……はは。あの時も、今も……情けない、ところばかり、見せて、しまいましたね」

私の反応に心当たりがあると察したのか、恥《は》ずかしそうに目を伏せるセオドア。ボロボロだったその子は重たい前髪《まえがみ》に隠《かく》れて、その目元を見ることはできなくて……。

そうか、あの男の子はこんな瞳《ひとみ》の色をしていたんだ。

「情けなくなんかないわ……」

一人で転移したつもりだった。にもかかわらずセオドアと共に転移してしまったのは、無意識のうちに彼を頼《たよ》っていたのだろう。彼を心から信頼《しんらい》しているから。私にとって、彼はこれ以上ない良き守護者だから。

セオドアの言葉に少し落ち着きを取り戻《もど》して、漸《よう》く治癒魔法《まほう》をかけることができた。光が辺りを包み、服や床《ゆか》に滲《にじ》んでいた血が消える。荒《あら》かった彼の呼吸も整い、なんでもなかったかのように立ち上がった。

「——ありがとうございます。もう大丈夫です」

すぐにそうしていれば彼を苦しませる時間が短く済んだのに、情けないのはこちらの方である。しかし今は落ち込んでいる場合ではない。動揺《どうよう》から周りの様子が一切《いっさい》見えていなかったが、皇弟はどうしているのかと周囲を見回せば、まず床に倒れこみ失神している皇弟の従者が目に入る。セオドアが彼の鳩尾に重い蹴《け》りを入れていたのを思い出し、死なない程度に治癒魔法をかけた。すると別の方向から怒声《どせい》が聞こえてきて。

「この私を誰だと心得る！　離さぬか！　あの化け物がなんだというのだ！」

「お前っ……それ以上殿下《でんか》を侮辱《ぶじょく》するなら、今すぐここで首を切り落とすぞ！」

いつのまにか皇弟に馬乗りになって、その首元に剣《けん》を突《つ》き付けているロランドにギョッとする。いくら罪人とはいえ一応皇族なのだから、正式な処分の決まる前に手荒《てあら》な真似《まね》をすれば下手をするとこちらも不敬罪で裁かれることになるというのに。そう思ってロランドのことも止めようと一歩踏み出した腕を、黙《だま》って首を横に振るセオドアに摑《つか》まれ引き止められた。

皇弟は、ロランドの逃《に》がすくらいなら刺し違えてでも殺すと言わんばかりの圧に一瞬怯んだが。

「お前たち！　何をしている⁉　助けぬか！」

グローセ・ベーア以外にも皇弟の手駒《てごま》はいるのだろう。……しかし彼らが皇弟の呼びかけに応《こた》える様子はなく、離れた場所にいる参加者たちの中から出てくる姿は見られなかった。

皇弟は自分で選び育て上げたグローセ・ベーアに関しては多少なりとも情がわいていたようだが、それ以外には忠誠心というものを信じられなかったようで、ベラのように恐怖《きょうふ》で支配するやり方をとっていた。だからだろうか、邪魔《じゃま》をしようものなら今にも斬《き》りかかってきそうなロランドが、今はより恐ろしいと判断されたのだろう。

「何故《なぜ》分からぬか、クローヴィス」

「兄上……」

悪足掻《わるあが》きを続ける皇弟を見かねてか、歩み寄って来た皇帝陛下《こうてい》が残念そうに眉《まゆ》を下げながら声をかけた。

「確かに、自分らが決して持ちえぬ力を持つ存在を恐れる気持ちは理解できぬ訳ではない。敵にすれば脅威《きょうい》であろうな。……だがしかし、彼女たちにそんな心算《つもり》などなかろうよ。だからこそ聖女たり得るのだ。味方であればこれほど心強い者もおるまい」

皇帝陛下の仰《おっしゃ》る通り、アカルディにヴェルデとの開戦の意思はない。それは魔物の討伐《とうばつ》に手一杯《ていっぱい》で兵を割く余裕が無いこと、いくらアカルディの兵が強いとはいえ、命をかけた対人戦の経験は殆《ほとん》ど無く、心情的にかなりの負担がかかること等様々な理由があるが……そもそもこちらとしては今のアカルディで充分《じゅうぶん》であるし、ヴェルデほどの大国を治めるのは骨が折れる――どころか擦《す》り切れて粉になるだろう。良き隣人《りんじん》でいてほしい。

「……私には、それが信じられない」

「分かり合えなくて残念だ」

それはこれ以上話すことは無い、という皇帝陛下から皇弟への最後の言葉だった。

ハンナヴァルト侯爵《こうしゃく》とグローセ・ベーアは捕《と》らえられ、加勢しにきた従者は気絶し、自身はロランドに跨《また》がられて動きを封《ふう》じられ、皇帝陛下に背を向けられた皇弟は、納得《なっとく》できないとでも言いたげに悔《くや》しさを顔に滲ませながらも、流石《さすが》にこれ以上どうすることもできないと諦《あきら》めたようだ。

今度こそヴェルデの騎士《きし》らに連行されるその背中を見て――ふと力が抜《ぬ》ける。

「エステル!?」

倒《たお》れ込みそうになった身体《からだ》をセオドアがすぐに抱《だ》きとめて支えてくれたが、視界がぐわんぐわんと揺《ゆ》れ吐き気が止まらない。

「エステル、大丈夫ですか!?」

「……ま、りょく、ぎれ……みたい」

昨日から湯水のように使っていた魔力だが、先ほどセオドアと皇弟の従者にかけた治癒《ちゆ》魔法でほぼ空になり――コルという常時発動する魔法によって完全に無くなった。

抱きかかえてくれるセオドアが、揺れる視界の中でも心配そうな顔をしているのが分かったけれど。

皇弟もいなくなったし、何よりセオドアの腕の中なら安心だから……少しだけ、眠《ねむ》っても良いだろうか。

私は張り詰《つ》めていた緊張《きんちょう》の糸を切るように、プツリと意識を手放した。

★

ベッドに横たわるエステルの呼吸はまだ少し苦しげで、握《にぎ》った手は酷《ひど》く冷たい。それでも驚異《きょうい》的な魔力回復の速さだ。この分なら半日もかからず全回復するだろう……が。一秒でさえエステルが辛《つら》く苦しむ時間が嫌《いや》だ。今すぐ僕の魔力を分けてあげられれば良いのにと、そう願うだけで何もできない自分が無力でもどかしい。

何があってもエステルを守る――それは彼女が自ら危険に飛び込んでいったとしても、だ。そもそもあの時皇弟がエステルに向けて銃《じゅう》を構えるフリをした時点で、その手首を切り落としておくべきだったのだ。けれど、あの目の上の瘤《こぶ》のような皇弟でも地位がある為《ため》、下手に手を出して罰《ばっ》せられたら、僕はエステルの婚約《こんやく》者ではいられなくなるかもしれない。そんな考えが根底にあったからか、咄嗟《とっさ》の判断ができなかった。

そうして結局負傷し枯渇《こかつ》寸前だった魔力を使わせて、僕はまた彼女に魔力切れを起こさせてしまった。

「……せ、お……どあ……？」

「エステル……！」

ふいに、目を覚ましたらしいエステルが少しだけ顔をこちらに向け、掠《かす》れた声で僕の名を呼んだ。話したいことは色々あるけれど、今は無理をしてほしくない。

「無理、しないでください。後処理は皇帝陛下や皇太子殿下がやってくださっていますから安心して——」

「……ど……して、泣いてるの……？」

「え……」

涙《なみだ》を流す権利なんかないのに。いつの間にか零《こぼ》れていたようだと、指摘《してき》されて初めて自覚した。慌《あわ》てて袖《そで》で拭《ぬぐ》って呼吸を整える。

「……申し訳ありません、エステル。僕は……嘘《うそ》をつきました」

許しを請《こ》うつもりはないけれど、謝らなければ罪悪感で心が破裂《はれつ》してしまいそうで。声が震《ふる》えないよう気をつけながらもそう話すと、エステルはビクリと肩《かた》を跳《は》ねさせた。

「う、うう嘘？　嘘っても、もしかして……」

エステルも察しているのだろうか、僕の言葉に露骨《ろこつ》に動揺し始めた。

「やっぱり……婚約解消って話……？」

「はい……」

必ずエステルを守ると言ったのに、何度も危険な目に遭わせた。それもそもそも僕が同行したいと願い出なければ彼女はこんな目に遭わなかったのだ。こんな僕では到底《とうてい》王配は務まらない。だから――婚約者の座は、当然降りねばならないだろう。

次期王配は年齢《ねんれい》や実力を考えればやはりロランドになるのだろうか。彼なら魔法も剣の腕《うで》も充分だし、本来選考の基準にない家柄《いえがら》までも申し分なく、エステルの良き支えになるはずだ。かつては性格に難ありだったが今では真面目《まじめ》な好青年であり、エステルの為なら死刑《しけい》になるのも構わないと言うほどの忠誠心もある。文句のつけ所もない。

――けれどどうしても渡《わた》したくない。どうしても離《はな》れ難《がた》い。冷たい彼女の手を握りしめる力を緩《ゆる》めることができない。こうやって熱を分け与《あた》え温めるのは僕でありたい。

「ねえセオドア、起こしてもらえる？」

「まだ横になっていた方が……」

「少しだけだから、ね？」

喉《のど》でも渇《かわ》いたのだろうか。少しだけなら、とその背に手を入れそっと身体を起こす。水差しを持ってくるべく立ち上がろうとすれば、握っていた手でギュッと引き止められた。

「エステル……？」

引き止められた以上はここにいなければ、と椅子《いす》から浮《う》かせた腰《こし》を下ろす。エステルはそんな僕に「ちょっとだけ、目を瞑《つぶ》って」と言った。

なんだろう。まさかその隙《すき》に転移で逃《に》げ出す……なんてことはないと信じたい。彼女の意図は分からないけれど、言われた通りに目を瞑った。

そっと手が離される。追い縋《すが》りたくなるのをぐっと堪《こら》えそのまま彼女の言葉を待つ。

「……本当にごめんなさいね、セオドア」

エステルの弱々しいその謝罪と意味を考えたら、情けなくもまた涙が出そうだったので黙《だま》って俯《うつむ》いた。しかしそんな僕の頬《ほお》に彼女の手が触《ふ》れたかと思えば、「もう目を開けていいわ」と言われ。

続けて婚約解消を告げられる、最悪の想像をしながら目を開けると――――。

「……えっ⁉」

驚《おどろ》きに大声を出してしまった僕に、エステルがどこか困ったように……それでいて恥《は》ずかしそうに目を細めていた。

そう。エステルが――フェイスベールを外し、素顔《すがお》を晒《さら》していたのだ。

「エステ、ル……？」

「鏡を見ていないから変じゃないか心配なのだけど……もしかして、酷い顔してる？」

「い、え……そんなことは……。で、ですが、何故《なぜ》……？」

先がくるりとカールした睫毛《まつげ》に縁取《ふちど》られた綺麗《きれい》な二重《ふたえ》の目は、ペリドットによく似た美しい瞳《ひとみ》の色をしていた。王配殿下《でんか》に似て少しつり目だが、垂れ眉《まゆ》の為顔全体としてはおっとりとした印象を受ける。キュッとした小さな鼻は妹であるアンジェリカ殿下とそっくりで、顔のパーツで唯一《ゆいいつ》見ることができていた薄《うす》めの唇《くちびる》とバランス良く配置されていた。

つまるところ何が言いたいかというと……可愛《かわい》い。凄《すご》く可愛い。いや、物凄く可愛い。

たとえどんな顔立ちでも愛する気持ちに変わりはないと思っていたけれど、自己嫌悪《けんお》と不安に苛《さいな》まれていたさっきまでとは別の意味で心臓が痛い。エステルがドロテーア皇女の姿に変身していた時でさえ、エステルと目が合うという事実が嬉《うれ》しくて舞《ま》い上がっていたくらいなのに。

言葉を失っている僕を綺麗な瞳で見つめ、エステルはその真意を話した。

「残念だけれど私の素顔を見てしまったからには、もう婚約解消してあげられないわね」

「……！」

そうだ、エステルの素顔を見られた衝撃《しょうげき》で頭から抜けていたけれど、本来は親兄弟以外には決して見せない決まりになっている。化粧《けしょう》や入浴を補助する侍女《じじょ》ですら、見ることができないはずだ。

それ以外で見られるのは夫である王配だけ。……と考えて、ついその顔を凝視《ぎょうし》してしまう。

「勝手なことをしてセオドアを傷つけた。呆れられても仕方ないと思う。でも私、婚約とかそういう意味では、いくらセオドアの願いでももう離してあげられないから……」

「ちょ、ちょっと待ってくださいエステル！」

可愛らしい垂れ眉をさらに下げて申し訳なさそうに話し始めたエステルの言葉を思わず遮《さえぎ》った。

「呆れてなんかいませんし、離してほしいとも願うはずがありません。どうしてそういう話に……？」

「だってさっき嘘をついたって……」

「え？」

「やっぱり愛想が尽きたって話じゃないの？」

その顔をベールが覆《おお》っていない違和感《いわかん》を抱えながらも、キョトンとした顔で首を傾《かし》げる彼女の表情が愛らしく目が離せない。……とはいえ今のは聞き捨てならない言葉だ。

「そんな訳ないじゃないですか……。指輪まで渡したのに、その程度の想いだと思われていたんですか？」

「ち、違《ちが》うわ。ちゃんと伝わっていたけれど……私がやったことを考えたら、撤回《てっかい》されてもおかしくないと思って」

「……？　そんなことありましたか？」

「わ、分からないの？　私のせいでセオドアは撃《う》たれたのよ？　私が余計なことをしなければ、貴方《あなた》はもっとうまく立ち回れたはずなのに……その上無様にも動揺《どうよう》して、貴方が苦しむ時間を不必要に延ばした。婚約解消したいって言われても当然だから……」

エステルが自分でなんとかしようとするのは昔からだ。彼女はその御身《おんみ》が大事であることを一応理解しつつも、治癒魔法《ちゆまほう》があるからなんとでもなると思っている節がある。勿論《もちろん》危ないから次期女王としては褒《ほ》められたことではないが……それでも僕を救ってくれたのはそんなエステルだったから、愛想を尽かすはずがない。

彼女のそういうところも含《ふく》めて守りたいと、思っていたのだ。――それなのに。

「違います。僕は何があってもエステルを守ると言ったのに結局守れなかったから……嘘をついたと……」

そう言うと、今度はエステルの方が意味が分からないとでも言いたげな顔をする。

「何言ってるの？　守ってくれたじゃない」

「無理をさせて、魔力切れを起こさせてしまいました」

「それは私の自己管理不足による自業自得《じごう》だから、セオドアのせいじゃないわ」

「いえ、それも防げたはずです」

そうして悪い悪くないの押し問答を繰《く》り返していると、ついに耐《た》えかねたようにエステルが声を荒《あら》らげた。

「もう！　セオドアはそんなに私と婚約《こんやく》解消したいの？」

「そういう訳ではありません！　ですが……ですがこんな僕では次期王配には相応《ふさわ》しくない……っ」

婚約解消したい訳がない。寧《むし》ろ、縋り付いて泣き喚《わめ》いてどうか許してほしいと懇願《こんがん》したい。エステルが他《ほか》の男と結婚するなんて、どう考えても耐えられないのだから。

けれど呼吸を荒げ苦しんでいた彼女の姿を思い出せば、とてもそんな我儘《わがまま》を言えるはずがなかった。

すると彼女は分かった、と小さく呟《つぶや》いて。

「じゃあ私が継承《けいしょう》権を放棄《ほうき》するわ」

「なっ⁉　冗談《じょうだん》が過ぎます！」

思わず耳を疑った。有り得ない。エステルは次期女王として語り尽《つ》くせないほど努力を重ねてきたのに。

けれどその真剣《しんけん》な表情は嘘《うそ》だとも冗談を言っているとも思えず、余計に混乱する。

「エステルは……アカルディが、一番大事だって……」

「仕方ないじゃない。貴方が王配になれないというなら、私も女王にならないわ。まぁ色々前例のないことだけれど……王姉としてアンジェリカを支え、アカルディに貢献《こうけん》するのも悪くないでしょう。許してもらえないなら国外逃亡《とうぼう》するとでもいえば、何とかなるはず」

皇弟のエステルに対する許し難《がた》い発言は思い出しただけでも腸《はらわた》が煮《に》えくり返るような思いだが、エステルという存在が抑止力《よくしりょく》になる——それだけ強力な力を有しているのも事実である。そんな彼女が国外逃亡するなどと脅《おど》せば、大抵《たいてい》のことは叶《かな》えられるだろう。でもだからって……。

言葉を失う僕に、彼女は語り続ける。

「……ねえ、私のことを好きじゃなくなったのならそう言って。そうしたらちゃんと諦《あきら》めるわ。セオドア以外の人を愛せる気はしないけれど、新しい婚約者を受け入れる……努力をする。けど、少しでもまだ私に情があるなら」

そっと手を取られ、祈《いの》るように握《にぎ》りこまれた。

「どうか、私に挽回《ばんかい》のチャンスを頂戴《ちょうだい》」

挽回のチャンスを求めるべきは僕なのに……情けない。エステルに魔力切れを起こさせ苦しませた上、こうしてお願いまでさせてしまった。懇願するまでもなくエステルは許してくれているのだ。いや、許す以前に責めてもいない。ならばこの罪を許せないのは僕の自己満足で。

ああ、初めて出会ったあの日から、エステルには情けない姿しか見せていないな。……それでも。

「……愛しています。心から、エステルだけを」

良き女王になる為《ため》努力してきた彼女の時間を無駄《むだ》にするくらいなら、守れなかったくせにその隣《となり》を明け渡《わた》すことのできない惨《みじ》めで情けない男でいさせてもらおう。

「だから……どうか僕と結婚してください」

零《こぼ》れ落ちた本当の願いに、エステルは嬉しそうに「勿論」と目を細めた。

恥《は》ずかしながらも魔力切れを起こした私だったが、翌朝にはすっかり回復した。

その間にも意気消沈《いきしょうちん》したセオドアと話し合ったけれど、彼はなんと次期王配に相応しくないとか何とか言い出したので混乱した。充分《じゅうぶん》私を守ってくれていたし、私が魔力量の管理を怠《おこた》って勝手に魔力切れを起こしただけなのに、彼はそれにすら責任を感じていて。

少し前ならば、もしかしたらその婚約解消の提案を、受け入れたかもしれない。でも、お互《たが》いに想《おも》い合っているのだと分かった今は。

結局少し狡《ずる》い……いやかなり狡い手段で彼を頷《うなず》かせた。誰《だれ》かその場に第三者がいたならば、それは脅迫《きょうはく》ですよと言われたかもしれない。

それでも。

——……愛しています。心から、エステルだけを。

——だから……どうか僕と結婚してください。

彼のコルは婚約解消のチャンスを逃《のが》したくないと地団駄《じだんだ》を踏《ふ》んでいたけれど……そう言ったセオドアの表情は、心にもないことを言っているようには見えなかった。

これからはもっと自分を大事にしよう。自分の為に自分を大事にするのは難しいし、アカルディの為には時に自分を犠牲《ぎせい》にする必要もある……が。守れなかったと泣いたセオドアの為になら、きっとできると思った。

「エステル、ディアーク皇太子たちがお見舞《みま》いに来たいとのことですが……その、第三皇女もいらっしゃるそうです。大丈夫《だいじょうぶ》ですか？」

「ええ、もうすっかり。だから構わないと伝えてくれる？」

申し訳ないことにセオドアは今の今まで私に付き添《そ》って一睡《いっすい》もしていないらしい。泣いていたこともあってか目元が赤くなっているけれど、その程度で崩《くず》れる美形ではない。寝《ね》ていて良いのよと声をかけてみるも、断固拒否《きょひ》されたので食い下がることはしなかった。

リビングルームに移り軽食を摂《と》りながら待っていると、暫《しばら》くしてディアークとドロテーア皇女、そして――。

「エステリーゼ様！　ご無事で良かったです……！」

「ゾフィー様！」

ドアが開くなり今にも泣きそうな顔で声をかけて来たのは、ディアークの婚約者であるゾフィーだった。彼女がこうして白昼堂々とディアークと一緒《いっしょ》にいるのは珍《めずら》しい。

「……もしかして」

「ああ。今回のことで叔父上《おじうえ》を始め、俺を狙《ねら》う奴《やつ》らは大体捕《つか》まったから、もう隠《かく》しておく必要もないんでな」

その会話を聞いて不思議そうに首を傾《かし》げたセオドアに、ゾフィーが綺麗《きれい》な笑顔《えがお》を見せた。

「ご挨拶《あいさつ》が遅《おく》れました。わたくしはディアークの婚約者、ゾフィー・ヴァンデルフェラーと申します。以後お見知り置きくださいませ」

「ご丁寧《ていねい》にありがとうございます、セオドア・キエザと申します……。――皇太子殿下《でんか》、ご婚約しておられたのですか？」

ゾフィーとディアークの婚約が決まったのは子供の頃《ころ》の話だが、政略結婚というよりはディアークがゾフィーに惚《ほ》れ込んでの婚約だった為、人質《ひとじち》にとられる可能性が高かった。

だから、知っているのは本当に一部の人間だけだ。

　では何故《なぜ》他国の私が知っているかと言うと、当時他に相談相手がいなかったのか「プロポーズってどうしたらいいと思う。失敗したくない。お前のなんか凄《すご》い聖女の魔法《まほう》でゾフィーの理想のプロポーズを当ててくれ」とかいう無茶《むちゃ》振《ぶ》りをしてきたからである。

「そうだ。心底惚れ込んでいるから、安心してくれ」

「……それとこれとは、話が別です」

　ゾフィーの腰《こし》を抱《だ》いて朗《ほが》らかに笑ったディアークに対し、セオドアは皇太子相手に露骨《ろこつ》にムッとすることはなかったが、やや苦虫を噛《か》み潰《つぶ》したような顔をしていた。自意識過剰《かじょう》でなければ、私とディアークの仲が良いことに対する嫉妬《しっと》……の話だろうか。

　そんな彼を見てゾフィーは嬉《うれ》しそうに瞳《ひとみ》をキラキラさせているけれど……それはディアークに言われた言葉によるものでも、セオドアの容姿に見とれている訳でもなく。

『これが今巷《ちまた》で話題の、〝尊きことこの上《うるわ》ない〟なるものですのね……！』

　そう。彼女は性格も良く外見も麗しく魔力も高い……が、なんだかちょっと……なんていうかその、心の中が愉快《ゆかい》なご令嬢《れいじょう》なのだ。

『お二人が寄り添いあっているのをこんなにお傍《そば》で拝見できるなんて……。皇太子妃《ひ》などわたくしには荷が重いと思っておりましたが、やはり万々歳《ばんばんざい》ですわ！』

　ゾフィーと何度か話したことはあるが、セオドアと一緒にというのは未《いま》だ無かったように思う。だからクルクルと踊《おど》り回る彼女のコルのあまりのはしゃぎように、なんとなくディアークの肩《かた》を叩《たた》き、頑張《がんば》れと声をかけたい気持ちになっていると。

「ちょっと！　私のこと忘れているのではないでしょうね⁉」

視界の外にいたドロテーア皇女が、怒《いか》りに頬《ほお》を赤く染めプルプルと震《ふる》えながら割って入って来た。

「そんなことはありませんよ」

「ふんっ……まぁいいわ。ほら、約束でしょう。早く髪《かみ》を戻《もど》しなさいよ」

ドロテーア皇女は今も編み込むようにして髪を誤魔化《ごまか》しているようだ。仕方ない、約束だし……と立ち上がれば、ディアークが彼女の頭をパコッと叩いた。

「な、何するのよ、お兄様……！」

「迷惑《めいわく》かけておいてなんだその態度は。エステリーゼがいなければ殺されるところだったんだぞ」

ドロテーア皇女は大袈裟《おおげさ》に痛いわ！　と、声をあげていたけれど。やがて諦めたように長い長いため息をついて、ぽつりと呟《つぶや》いた。

「……悪かったわね、巻き込んで」

いかにも言わされていますといった不服そうな声にもかかわらず、彼女のコルはしゅんとしておりそれなりに反省しているようで。

「っでも、そもそも貴女《あなた》が悪いのよ！　セオドアを邪険《じゃけん》にして冷遇《れいぐう》するから！　そういうのを近頃のヴェルデでは何と言うかご存じ⁉　モラハラって言うのよ！」

かと思えばやはり自分は悪くないとばかりに再び怒《いか》り出した。お前な！　とディアークが再度ドロテーア皇女の頭をパシリとはたくが気にしていない様子。そして私はというと彼女のその言葉が心に刺《さ》さり、苦悶《くもん》の声を零していた。

「……そ、それについては本当にごめんなさい……」

隣に立つセオドアに視線を泳がせながらも謝ると、彼はくすりと笑って俯《うつむ》く私の頭を撫《な》でた。

「本当は、僕のことをずっと好きだったんですよね？」

「え、ええ」

「何か事情があったのでしょう。いつかそれを教えていただけるなら……今は、好きでいてくれたという事実だけで充分です」

優《やさ》し過ぎて、眩《まぶ》しい。顔を上げて彼の顔を見たら輝《かがや》きで目がやられてしまうんじゃないかとさえ思える。すぐ近くでゾフィーのコルが謎《なぞ》の悲鳴をあげるのが聞こえた。

次いで、また私のことを忘れているわ！　と言うドロテーア皇女のコルの声が聞こえてきたので、今度こそ彼女の傍まで歩み寄った。編み込んだ状態で元に戻すと絡《から》まってしまうかもしれないので、許可を得て髪を解く。艶《つや》やかな黒髪が熱で傷《いた》んでいるのを見ると可《か》哀想《わいそう》なような気もするが、兄を失ったイルゼのことを考えるとこの程度ですんで良かっただろうとも思う。寧《むし》ろ折角《せっかく》の復讐《ふくしゅう》の成果をこうして無かったことにして良いのか？　と一瞬《いっしゅん》の迷いが生じたが、イルゼにはやはりお兄さんの為にも店を立て直す道を選んでほしい。それが私のエゴだとしても。

「……エステル、大丈夫ですか？　まだ魔力が……」

「これくらい平気よ。じゃあ……いきますね」

少しだけ葛藤《かっとう》していた私を見て心配そうにセオドアが声をかけてきたので、慌《あわ》ててドロテーア皇女に治癒《ちゆ》魔法をかける。ふわりと現れた光の粒《つぶ》が髪を形作るようにまとまったかと思うと、その輝きが消えるにつれ元通りの長い黒髪になった。

治癒魔法に失敗したことは無いが、皇女相手というのもあって無自覚のうちに少し緊張《きんちょう》していたらしい。ほっと一息つくと、それを終了《しゅうりょう》の合図と受け取った彼女は震えるようにして髪に手を伸《の》ばした。

「…………ありがとう」

ドロテーア皇女は私のことなんて嫌《きら》いなはずだが、涙声《なみだごえ》でそうお礼を言ってくれたあたり、相当応《こた》えていたようだ。

それからは今の状況《じょうきょう》や、これからのことを聞いた。

皇弟には余罪が多すぎて刑《けい》が確定するのには時間がかかるそうだが、少なくとも他国の王女の殺害未遂《みすい》に関しては現行犯逮捕《たいほ》だ。グローセ・ベーアという暗殺集団を創設し銃火《じゅうか》器《き》の違法《いほう》所持をしていたこともあるし、最低でも牢《ろう》の中で寿命《じゅみょう》を迎《むか》えることになるらしい。

ドロテーア皇女に対する処罰《しょばつ》も皇弟関連で忙《いそが》しい為《ため》、昨日の今日ではまだ決まっていないのだとか。現在は自室で謹慎《きんしん》しているが、今は謝罪の為にと特別にディアーク監視《かんし》の下《もと》やって来たようだ。他国の次期王配を脅《おど》し、次期女王に濡《ぬ》れ衣《ぎぬ》を着せようとした罪は軽いものではないが、諸悪の根源は皇弟であるし、今回のことがなければセオドアの気持ちを信じられる日が来るのはまだまだ先だったように思うので、私個人としてはそこまで恨《うら》みはなかった。ただあくまで個人の話なので、皇帝《こうてい》陛下や母上が話し合って決めるであろう処罰がどんなものでも異を唱えるつもりはない。

ひとまず、やっと終わったのだな、と思う。勿論《もちろん》アカルディに降りかかるかもしれない脅威《きょうい》は皇弟だけではないが、それでもかなり厄介《やっかい》な存在であったことは間違《まちが》いない。肩の荷《に》が少しおりた気分だ。

「あの……エステリーゼ様」

話がひと段落したタイミングで、おずおずとゾフィーが声をかけてきた。

「なんでしょう？」

「エステリーゼ様とセオドア卿《きょう》のご結婚《けっこん》式はいつ頃《ごろ》なのでしょうか？」

『正式に婚約発表するのであればディアークの婚約者として参列することが叶《かな》うかもしれ

ません……。ああ……推《お》しの結婚式……何がなんでもこの目で見たいですわ！』

オシなるものが何なのかは分からないけれど、モラハラと同じくヴェルデの若者言葉なのかもしれない。とりあえず物凄《ものすご》く興奮していることは伝わった。

「恐《おそ》らく慣例通りであれば、一年後には」

「まぁ！」

結婚式か……。勿論、結婚したいと思うし、結婚してくださいと言われて嬉しかった。けれど初めてセオドアのコルの声を聞いたあの日から、彼と結婚する未来を長いこと想像していなかったから、なんとなくどこか夢物語のような気がしていて。こうして具体的な話をされてようやく実感というものが湧《わ》く。

――そうか、私、セオドアと結婚するんだ。

思わずセオドアを見上げると、楽しみですねと微笑《ほほえ》み返される。なんだか胸が温かいような気がして右手を添《そ》えた。きっと一年後にはこの手にも指輪がはまっていることだろう。

第七章　そして王女は気づく

——それから一年。

今日は……セオドアと私の結婚式だ。

ここは新婦の控《ひか》え室。ノックの音に返事をすると、母上が入ってきた。

「まぁ……とても綺麗《きれい》だわ、エステリーゼ」

「ありがとうございます。嬉《うれ》しいです」

ウエディングドレス姿の私を見て嬉しそうに笑った母上は、部屋の中にいた侍女《じじょ》たちを退出させる。その手には白いフェイスベールがあった。

「これは……」

「ウエディングベールと馴染《なじ》むように、レースで縁取《ふちど》りしてみたの」

純白のウエディングドレスの中ポツンと浮《う》いていた黒いフェイスベールが母上の手によって外され、新たに作ってくれたという白いフェイスベールが着けられる。

「ふふ、色々あったけれど……無事にセオドアと結ばれてくれて嬉しいわ」

「その節は大変お騒《さわ》がせしました……」

「良いのよ。やっぱりあの時、ヴェルデにセオドアと行かせたのは正解だったわね」

母上の、選択肢《せんたくし》がいくつかある時最良の選択《せんたく》が分かるという選択魔法は、私の暗殺者セットのようなものと違い、まさに女王にうってつけの魔法だ。

そんな母上があの時セオドアを薦《すす》めたからにはきっとそうするのが良いと分かってはいたのだけれど、まさかああも波瀾万丈《はらんばんじょう》な数日間になるとは。結果的にはセオドアの想《おも》いを信じられるようになったし、皇弟を退場させられたし、これ以上ない成果ではあったが。

ヴェルデから帰国した時、皇弟がどうのよりも母上はセオドアと正しく結ばれたことを喜んでくれていたように思う。

「……セオドアはずっと私に好意を伝えてくれていました。嫌われているだなんて、コル以外に証拠《しょうこ》は何一つなかった。それなのに私は、魔法を過信して彼の心を疑って傷つけてしまって……。けれどもう、彼の想いを疑う気持ちはありません」

酷《ひど》いことをした。冷たい態度をとって、それでも歩み寄ろうとしてくれる彼を何度も拒《きょ》絶《ぜつ》した。愛想《あいそ》を尽《つ》かされてもおかしくないことを何度もした。本来なら取り返せないほどの失態を、無条件で許してくれようとする彼に、せめてこれからは愛を伝えて大事にしたい。

私の話を黙《だま》って聞いていた母上は、満足そうに頷《うなず》いて頭を撫でてくれた。

「ちゃんと正しい答えにたどり着いてくれて良かったわ。……実はね、それは四代目女王のレアンドラが、王女だった頃《ころ》に第二王女のイザベルにかけられた呪《のろ》いなのよ」

「えっ？」

思ってもいなかった話に、思わず間抜《まぬ》けな声が出る。結局何故《なぜ》セオドアのコルだけおかしいのか、というのが未《いま》だ不思議だったが、まさかそれが呪いのせいだとは。

ベールの中で目をぱちくりさせる私に、母上は続けた。

「イザベルはレアンドラの婚約者……つまりは次期王配が好きだったの。けれど第一王女というだけで自分の想い人と婚約したレアンドラを妬《ねた》み、せめて〝心までは結ばれませんように〟と願ってしまった。……それが普《ふ》通《つう》の人間ならただの願いで終わったでしょうね。けれどイザベルもまた聖女の末裔《まつえい》。だからその願いには力があった。結果それが呪いとなって……コルの異常という形で現れたわ。勿論イザベルはコルなんて知らないから、呪った自覚もなかったでしょうけれど」

意外な話に口を挟《はさ》むこともできず、黙って続きを聞く。

「厄介なことにレアンドラだけでなく、その呪いは生まれた子にまで受け継《つ》がれたわ。以来どうも次期王配が決まると、その人物のコルは次期女王に対して嫌悪感《けんおかん》を示すような言動をとるみたい。私の場合は婚約が決まるより読心魔法を習得したのが先だったから、心まで優《やさ》しかった彼が次期王配に決定した途端《とたん》、急に私のことを疎《うと》ましがるようになったものだから、驚《おどろ》くと同時に疑えたわ。……けれど貴女の場合は先に婚約が決まったから、最初から嫌われていたのだと考えてもおかしくなかったわね」

優秀《ゆうしゅう》なセオドアを早めに掴《つか》まえておこうとしただけで、ここまで拗《こじ》れるとは思ってなかったの。ごめんなさいね、と謝る母。私としては、モタモタしていたらセオドアが他《ほか》の誰《だれ》かと結ばれていたかもしれないことを思えば寧《むし》ろお礼を言いたいくらいだ。

「けれど貴女《あなた》も言った通り、コル以外に貴女を嫌《きら》っているという証拠はなかったでしょう。勿論コルはこんなことでもなければ正しいわ。けれどコルだけを理由に裁いてはならない。過信してはいけない。……呪いだけど、意外と良い教訓になるでしょう？　だから自分で答えを出すまでは教えない決まりになっているの」

「……とてもいい勉強になりました」

私はコルに頼《たよ》りすぎていた。彼の目を、声色《こわいろ》を、手つきを、ちゃんと意識していればコルがおかしいと分かったはずなのに。私がしっかり彼の本当の気持ちを推し量っていれば、セオドアを長く苦しめることは無かったのに、と思うと不甲斐《ふがい》ない気持ちになる。

そこでふと疑問が浮かんだ。

「呪いは解けるのですか？」

「ええ。結ばれてしまえばこっちのものよ。具体的には、神像の前で指輪をお互《たが》い二つずつ着けて婚姻《こんいん》の誓《ちか》いを立てれば、神が呪いを解いてくださるわ」

なるほど。セオドアの本当のコルは、どのような感じなのだろう。なんとなく一生このままだと思っていたので、急に聞かされた事実になんだかソワソワしてきてしまう。

「……でも良いのかしら？」

「何がでしょうか？」

「本来のコル……も、それはそれで大変かもしれないわ」

「え？」

どういう意味か尋《たず》ねようとした時、時間を知らせるノックが部屋に響《ひび》く。意味深でとても気になるが、それ以上追求することは叶わなかった。

「幸せになりなさい」

そう言った母上の声色はどこまでも優しくて、私は泣きそうになりながらも頭を下げた。


パイプオルガンの音が鳴り響く中、美しく磨《みが》きあげられたバージンロードを愛《いと》しい人と歩く。さっきまで共に歩いていた父上は涙《なみだ》を流しすぎてズルズルと鼻水を啜《すす》る音が五月蝿《うるさ》く気が散ったが、静かになるとそれはそれで緊張《きんちょう》する。

通常正装も軍服であるセオドアのモーニングコート姿は珍《めずら》しく、できることならずっと眺《なが》めていたいくらい、それはそれは格好《かっこ》良かった。まるで物語に出てくる王子様のようだと思った。いや、物語の王子様とてセオドアのこの筆舌《ひつぜつ》に尽くし難《がた》い麗《うるわ》しい姿を前にすれば裸足《はだし》で逃《に》げ出すだろう。私だってセオドアのことを愛していなければ、劣等《れっとう》感のあまり転移魔法で逃げ出していたに違いない。

コツン、コツンとヒールの音を鳴らしながら、彼の腕《うで》に支えられて少しの階段を上り神像の前まで辿《たど》り着く。一般《いっぱん》的な結婚式では牧師や神父のいるであろう立ち位置に、母上がいる。母上から促《うなが》されるようにして、セオドアが口を開いた。

「私、セオドア・キエザは、エステリーゼ・アレッサ・アカルディを妻とし、健《すこ》やかなる時も病《や》める時も、富める時も貧しい時も、妻を愛し、敬い、共に助け合い、この命ある限り真心を尽くし――必ず、何があっても守り抜《ぬ》くと誓います」

そう言って私の左手の中指に、そして自分の右手の中指に指輪をはめるセオドア。やたら私を守ることにこだわる彼は、既《すで》に私がどれほど守られているかちゃんと分かっているのだろうか。……いや、分かってもらえるようにこれから言葉を尽くさねばならないのだ。だからまず手始めに。

「私、エステリーゼ・アレッサ・アカルディは、セオドア・キエザを夫とし、健やかなる時も病める時も、富める時も貧しい時も、夫を愛し、敬い、共に助け合い、この命あるかぎり真心を尽くし……何よりも大事にすると、誓います」

そう言うとセオドアはビックリしたように目を見開いた。勿論《もちろん》次期女王として、アカルディは大事だ。だけれど……大好きなのにいつもおざなりにしてしまうセオドアを、本当は何よりも大事にしたいのだと神に誓いたかった。私はくすりと笑って、彼と私の空いていた中指に指輪をはめる。宝石が二つ寄り添《そ》うように並んだ、サイズが違うだけの全く同じ指輪だ。

それを見た母上が合図を送り参加者全員が伏《ふ》したのを確認《かくにん》してから、セオドアは私のベールを外した。

「エステル……本当に、綺麗《きれい》です」

宝物を眺めるように、愛しくてたまらないと言いたげに目を細めて私を見つめるセオドアに、貴方だってかっこいいわと伝えようとしたけれど……それより先に唇《くちびる》が重なった。

思ったより長い誓いのキスが終わった時。

頭の中に、――もう大丈夫《だいじょうぶ》――と神の声が聞こえた気がした。


『エステルは寝顔《ねがお》も可愛《かわい》いなぁ。あー……この顔を見られるのは僕だけって考えたら嬉《うれ》しすぎて頭がおかしくなりそう。……本当に夫婦《ふうふ》になれたんだ。身に余る幸福すぎてまだあんまり実感が湧《わ》かないけど……でも、朝起きた時に隣《となり》にエステルがいるって凄《すご》く幸せなことだな。触《ふ》れたいけど、起こしちゃうかな？　……あ、ちょっと困った顔になった。可愛い。この垂れ眉《まゆ》が本当に可愛い』

「んん……うるさ……」

結婚式の次の日の朝というものは、鳥の囀《さえず》りだとか、差し込む朝日だとか、そういうものによって眠《ねむ》りの世界から起こされるものだと思っていたのだが――。

『夢でも見ているんだろうか？　……昨晩は初めてだったから自重したけれど、これからは我慢《がまん》がきくか分からないし。今のうちにゆっくり休んでいてもらった方がいいかも――』

「ちょ、ちょっと何言ってるの⁉」

聞こえ始めたその話の内容に慌《あわ》てて私ががばりと起き上がると、セオドアは一瞬《いっしゅん》キョトンとしたあとで、なんだかふにゃりという効果音が付きそうな、子どもみたいな無防備な笑《え》みを浮《う》かべた。

「おはようございます、エステル」

『まだ寝ぼけているのかな？　可愛い』

いいえ、寝ぼけてないわ。そう答えようとして、固まる。今のは……？　恐《おそ》る恐るである必要はないが、ギギ、と音がたちそうなほどゆっくり視線をずらす。

そこには指を絡《から》めたそうに小さな手で私の手に触れながら、彼自身と同じように愛しげに私を見つめるセオドアのコルがいた。

『エステルの瞳《ひとみ》、綺麗だな……』

「え、えっと……」

今はフェイスベールも着けていないのだから、視線をやれば不審《ふしん》に思われるのに。呪《のろ》いのせいだったとはいえ、今まで見てきた冷たい瞳のセオドアのコルとあまりにも違《ちが》うので、驚きのあまり凝視《ぎょうし》してしまう。

結婚式で神の声を聞いたあと、急にセオドアのコルが黙《だま》り込み、彼の肩《かた》に座って動かなくなった。もしかして呪いがちゃんと解けなかったのかとか、セオドアの本当の心は実は無であるとかそういう心配をしていたのだけれど――。

「エステル？　どうかしましたか？」

『お腹《なか》すいたのかな？　それとも喉《のど》が渇《かわ》いた？　水差しを持ってこようか……ああでも離《はな》れたくないなぁ。もう少し傍《そば》にいたい。……いや、できることならずっと抱《だ》きしめていたい』

三頭身ほどのコルでは抱きつくというよりはしがみついているようにしか見えないが、セオドアのコルがそんな呟《つぶや》きとともに抱きついてきた。

今更《いまさら》、母上の言葉を理解する。辛辣《しんらつ》なコルの声も応《こた》えたが、これはこれで恥《は》ずかしすぎて……いつかこの魔法《まほう》について彼に打ち明けるのが億劫《おっくう》になるほどだ。

ああ、セオドアのコルを初めて見た時も、こうして言葉を失い露骨《ろこつ》に動揺《どうよう》してしまったんだっけ。

「ええと、おはよう……セオドア」

「ふふ、はい。おはようございます」

今はあの時とは全く別の意味で動揺している。

セオドアの気持ちを疑っていた訳ではない。疑っていた訳ではないが——。

「エステル」

身体《からだ》を起こしたセオドアが、そっと顔を寄せて囁《ささや》いた。その声が完全にコルと重なる。

「『愛しています』」

呪いが解けてようやく、私は彼の溺《おぼ》れるほどの愛に気づいたのだ。

番外編　秘密を打ち明ける夜

結婚式《けっこんしき》の次の日。朝から想像以上に甘いセオドアのコルに心をかき乱され、日中何をして過ごしていたのかあまり覚えていない。ただでさえセオドアは元々とても甘い態度なのに、それでも抑《おさ》えていたらしい。彼のコルはその数倍は甘く……砂糖をそのまま口に流し込まれているかのようだった。

さて、そんな一日を過ごし迎《むか》えた夜。私は一つの問題に直面していた。

「エステル、どうかしましたか？　難しい顔をしていますよ」

「セオドア……」

『そんな顔も可愛いけれど。何か悩《なや》み事でもあるのだろうか。僕にできることならなんだってするから、頼《たよ》ってほしいな……』

ベッドサイドに並ぶように腰掛《こしか》け、既にフェイスベールを取り払《はら》った私の顔を心配そうに覗《のぞ》き込んでくるセオドア。

読心魔法についての話を、彼にいつすれば良いのか迷っていた。母上からはなるべく早めに、けれど貴女《あなた》のタイミングで良いと言われている。だからもうあと二、三日だけ……

覚悟《かくご》が決まるまでは、と思っていたのだが。

いざ夜になると、想《おも》いあっている同士で結婚したのだから当然そういう雰囲気《ふんいき》になる。が、今はこのまま肌《はだ》を重ねることに物凄《ものすご》く抵抗《ていこう》があった。昨晩は彼のコルはピタリと動かなくなっていたから——それはそれで気になったが——良かった。

けれど今日はこの、この……！

『……キスしたくなってきた。でもエステルがこんなに真剣《しんけん》な顔をして困っているのに、邪魔《じゃま》できないな。我慢しよう……』

そう言いながらも頬《ほお》や目尻《めじり》にキスをしてくる、この本来の姿らしいセオドアのコルがいる状態なのだ。勿論《もちろん》触れる感覚はないし、掴《つか》もうとすればすり抜《ぬ》ける。けれど恥ずかしいことにかわりはなくて。

その上もし仮に……何がとは言わないが、がっかりだなどとコルに言われた日には、私はこの先一生変身魔法を発動し続けて生きていくことになるかもしれない。

「セオドア、大事な話があるの」

「はい、なんでしょう」

「結婚したら話せることがあるって前に言ったでしょう？　そのことで」

兎《と》に角一度話してみなければ。もしかしたらセオドアだって恥ずかしくて今日は無理だと言うかもしれないし、彼に限ってないと思いたいが……心を勝手に知られているなど、受け入れてもらえないかもしれない。

『僕がエステルを嫌《きら》っていると思って、避《さ》けていた理由のことだろうか？』

「……そのことよ」

緊張《きんちょう》からドクドクと脈打つ心臓を抑えるように胸に手を当て、覚悟を決めてあえてコルの声に答えると、セオドアはあれ？　と首を傾《かし》げる。

『今、口に出していたかな？』

「いいえ、出していなかったわ」

「え？」

読心魔法の存在を知らない相手に話すのは初めてで、どんな反応が返ってくるのか、少し怖《こわ》い。細く長い息を吐《は》いてから、ゆっくり、けれど聞き逃《のが》されないようハッキリと告げた。

「実は、私……心が読めるの」

「――はい……⁇」

驚《おどろ》きと言うよりは、全く訳が分からないと言いたげにキョトンとするセオドアに、私は読心魔法についての説明をした。人の心の姿が小人のように見えており、声も聞こえること。その姿をコルと呼んでいること。本当は私に予知魔法はなく、一年前の皇弟の計画も全《すべ》て読心魔法によって知ったこと。この魔法については秘匿《ひとく》されていて、魔法を使える本人とその夫しか知らないこと――など。一旦《いったん》そこで話を区切り、それからセオドアを避ける原因となった呪いについてを話そうとした時、私の話を理解しようと必死で無言を貫《つらぬ》いていたセオドアのコルが頭を横に振《ふ》った。

『エステルの話を疑うつもりはないけれど、心を読めるだなんて信じ難《がた》いな……。僕に本気で嫌われていると思っていたようだし』

私のかつての行いを顧《かえり》みれば、そう考えることも当然だと思う。先に心が読めることを信じてもらう為《ため》、簡単なデモンストレーションを行うことにした。

「セオドア。試《ため》しに何か数字を思い浮かべてみて」

「は、はい。分かりました」

『じゃあ適当に……1597？』

「1597」

「！！！！」

セオドアの目が驚愕《きょうがく》に見開く。たまたまで四桁《けた》の数字を言い当てられることなどまず有り得ない……心を読まない限り。単純だけれどこれで信じてくれたことだろう。もしかしてあの時のコインを使ったやり取りもそれで……と思い出したようだった。

「本当なんですね……」

『ということはつまり「嫌われていると思って避けていた」っていうのは、心が読めるなら嘘《うそ》で……。避けていたのは、僕の好意に引いていたから……ってことか……？』

想定外の発想に至ってしまい、しょんぼりするセオドアと涙目《なみだめ》になり始めた彼のコルに、慌《あわ》てて待ったをかける。

「待って、ごめんなさい。やっぱり先に呪《のろ》いについて話すべきだったわ……」

「呪い？」

物騒《ぶっそう》な単語にまた驚かせてしまう。決してセオドアの好意に引いていた訳ではないと、心から愛していると分かってもらえるよう、彼の手を握《にぎ》りながらも呪いについて母上から聞いたことを全て話した。最後に今はもうその呪いも解けているのだと伝えれば、セオドアは漸《ようや》くほっとしたような顔になった。

「因《ちな》みに、今まで僕のコルはどんな感じだったんですか？」

「……知らない方がいいと思うわ」

「……と言われると、尚更《なおさら》知りたくなります」

今でこそ彼の本心ではなかったと分かっているが、それでも思い出しただけで胸が痛むのだ。だから具体例を言うのは自分にもダメージが来るし、あまり詳《くわ》しく言えばきっと彼も気にしてしまうだろうからと、無難に答える。

「ええと、私と一緒《いっしょ》に居るのがあまり楽しくなさそうだった、かな」

しかしそれでもセオドアは青い顔になった。私が知らない方が良いなどと前置きをしてしまったから、到底《とうてい》その程度ではなかった――寧《むし》ろ今のが最低ラインだと伝わってしまったらしい。軽率《けいそつ》だったと悔《く》やむ。

「申し訳ないです……。知らなかったとはいえ貴女を傷つけて……」

「セオドアが謝る必要なんてないでしょう？　不可抗力《ふかこうりょく》なのだから」

「ですが、婚約解消してあげようと思うほど、僕のコルは酷《ひど》い態度だったのでしょう？　それほど僕の存在がエステルを傷つけていたのなら、やはり……」

　全く非のないことで謝罪を続けようとする彼の口に指をあて、遮《さえぎ》る。

「謝らなければならないのは私だわ。セオドアはいつも私に好意を伝えてくれていたのに、コルを過信して全く本気にしていなかった。酷いことをしてごめんなさい……」

　普通《ふつう》、どんなに伝えても本気にしてもらえないのであれば、伝え続けても意味が無いと思ってしまうものではないだろうか。しかも……それが五年間ともなれば、心が折れていてもおかしくない。だがセオドアはずっと諦《あきら》めないで好意を伝え続けてくれた。それを申し訳なくも思うし、嬉《うれ》しいとも思う。

　そんな私の言葉を聞いたセオドアは、穏《おだ》やかな笑《え》みを浮《う》かべて優《やさ》しく頭を撫《な》でてくれた。

「いいんですよ。そんな状況《じょうきょう》だったのに、ずっと僕を好きでいてくれたことが何よりも嬉しいですから」

「それは……初めて会った時から、最初にコルの声を聞いたあの日までの四年間で、何があっても揺《ゆ》るがないくらいセオドアのことを大好きになったの。……だから」

そう返すと、ふっと顔が近づいてきて、キスの予感に目を閉じる。柔《やわ》らかな感覚にそのまま身を委《ゆだ》ねようとした時。

『──好き。好きだ。僕だって、何があっても揺るがないくらい……エステルを愛してる』

そのコルの声は聞かせるつもりなんてない、きっと無自覚なものだったんだろう。けれどいつも私に対して丁寧《ていねい》な言葉遣《ことばづか》いをするセオドアから、なんだか対等な存在として愛を囁《ささや》かれたように思えて、ドキドキして頬がカッと熱くなった。

その瞬間《しゅんかん》まだキスの仕方にあまり慣れていない私は呼吸の仕方が分からなくなって、彼の胸元《むなもと》を手で軽く押す。きっと真っ赤になってしまっているに違《ちが》いない私を、鼻先が触《ふ》れるくらいの至近距離《きょり》からセオドアは熱の篭《こも》った瞳《ひとみ》で見つめていた。

「……エステル、今夜も貴女《あなた》に触れる許可をいただけますか？」

囁くような声なのに、全身に響《ひび》くような感覚がする。

『エステルが欲しい。どうか頷《うなず》いて……あ。頷いて、ください』

ふと心を読まれていることを思い出したのか、突然《とつぜん》コルまで敬語になった。それが余計に羞恥心《しゅうちしん》を煽《あお》って。

「そ、その。私もセオドアに触れたいと思っているわ。けれど、コルが、コルが……っ！」

「コルが？」

「そもそも、セオドアは心を読まれることに抵抗《ていこう》とか、ないの？」

「うーん……エステルに知られて困ることなんか何もありませんからね」

平気そうにセオドアはそう言って笑うけれど、そんなものだろうか。けれどそういう問題ではないのだ。

「で、でも。コルが……その、セオドアがあえて口にしないこととかも、言ってしまうだろうから……恥《は》ずかしい」

最早《もはや》そう告げることすら恥ずかしくて、明らかに熱くなっている顔を両手で覆《おお》い隠《かく》す。

するとセオドアはうーんと暫《しばら》く唸《うな》ったあと、無邪気《むじゃき》な笑みを浮かべて言った。

「……分かりました。では恥ずかしくないように、思っていることは全部口に出しますね！」

「そ、そういう問題じゃないわ！」

人間が羞恥心で死ぬとしたら、私はこの日命が百個あっても足りなかっただろう。

ただ幸いなことに——私は一生変身魔法《まほう》をかけ続ける人生にはならずに済みそうだ。

あとがき

この度《たび》は『心が読める王女は婚約者《こんやく》の溺愛《できあい》に気づかない』をお手に取っていただきありがとうございます。作者の花鶏《あとり》りりと申します。

この話は、両片思いの二人によるすれ違《ちが》いが好きで、何か面白《おもしろ》いすれ違いの理由がないかな～と考えていた時に浮《う》かんだネタでした。

他にも一途《いちず》で優《やさ》しい不憫《ふびん》なヒーローや、目隠《かく》れ系つよつよヒロイン、からっとした性格の身分が高い友人、妖精《ようせい》みたいな小さい存在等……自分の好きを沢山《たくさん》詰め込んだ話になりましたが、皆様《みなさま》にも楽しんでいただけたでしょうか。

元々こちらはWEBに投稿《とうこう》していた作品だったのですが、まさか書籍《しょせき》化のお話をいただけるとは夢にも思わず、大変光栄に思うと同時に、本として世に出していいレベルまでブラッシュアップできるのかな～という不安もありました。ですが担当様から的確なアドバイスやご指摘《してき》をいただき、自分なりに精一杯《せいいっぱい》加筆修正をして、これならば！　と思える作品になりました。デビュー作ということもあり、何かと拙《つたな》い自分にお付き合いいただいた担当様には頭があがりません。

イラストを描《か》いてくださったのは紫藤《しどう》むらさき先生です。私の頭の中にしかなかったこのお話の世界を、とっっっっても素敵《すてき》なイラストで美しく彩《いろど》ってくださって、感謝の気持ちでいっぱいです。本当にありがとうございました。

他にもこの本を刊行するにあたって、ご尽力《じんりょく》くださった全ての方に感謝申し上げます。素敵な本になってとても幸せです。

改めまして、最後までお読みいただき本当にありがとうございました。エステリーゼとセオドアの物語が、少しでも面白かったと思ってもらえていたら、何よりも光栄です。

またどこかでお会いできる機会があることを願っています。

花鶏りり

「心が読める王女は婚約者の溺愛に気づかない」の感想をお寄せください。
おたよりのあて先
〒102-8177　東京都千代田区富士見2-13-3
株式会社KADOKAWA　角川ビーンズ文庫編集部気付
「花鶏りり」先生・「紫藤むらさき」先生
また、編集部へのご意見ご希望は、同じ住所で「ビーンズ文庫編集部」
までお寄せください。

心《こころ》が読《よ》める王女《おうじょ》は婚約者《こんやくしゃ》の溺愛《できあい》に気《き》づかない

花鶏《あとり》りり

角川ビーンズ文庫　23620

令和５年４月１日　初版発行

発行者――山下直久
発　行――株式会社KADOKAWA
〒102-8177　東京都千代田区富士見2-13-3
電話 0570-002-301（ナビダイヤル）
印刷所――株式会社暁印刷
製本所――本間製本株式会社
装幀者――micro fish

●お問い合わせ
https://www.kadokawa.co.jp/（「お問い合わせ」へお進みください）
※内容によっては、お答えできない場合があります。
※サポートは日本国内のみとさせていただきます。
※Japanese text only

ISBN978-4-04-113594-5C0193 定価はカバーに表示してあります。
◇◇◇

第23回
角川ビーンズ小説大賞
原稿募集中!
君の〝物語〟がここから始まる!
https://beans.kadokawa.co.jp
詳細は公式サイトでチェック!!!
【一般部門】&【テーマ部門】
賞金 大賞 100万円
優秀賞 30万円
他副賞
締切 3月31日
発表 9月発表(予定)
イラスト/紫　真依